이육사 1943

일러두기

1. 본문에 인용한 이육사의 시는 이육사문학관에서 2010년 발간한 이육사 시 전집 『광야에서 부르리라』를 기준으로 했다. 원문의 시어들을 살리되 가독성을 위해 현대어 표기법에 따라 표기했다.

2. 당대의 역사적 사건들이 양력 날짜로 기록되어 있기 때문에, 본문과 연보에 언급된 날짜들은 음력이라고 명시한 것을 제외하면 양력을 기준으로 한다.

3. 당시에 통용되던 나이 셈법은 세는 나이(태어났을 때부터 1세)이기 때문에 본문과 연보에서의 나이는 세는 나이로 표기했다.

4. 당시 서울의 공식 명칭은 '경성'이었지만 당시의 조선 대중들은 '서울'로 부르고 있었고, 이육사도 글에서 '서울'이라고 부르고 있기 때문에 '서울'로 표기했다. 서울 내 지역들은 당시의 명칭대로 표기하고 처음 언급될 때 괄호 안에 현재의 명칭을 병기했다.

5. 일본 지명 중 도쿄와 간토는 당시 조선 대중들의 언어 습관을 고려해 한국 한자음인 '동경', '관동'으로 표기했다. 두 지역 외의 일본 지역이나 도쿄 내 지역들은 독자의 이해를 위해 일본어 발음으로 표기했다.

6. 중국 지명은 당시 조선 대중들의 언어 습관을 고려해 한국 한자음으로 표기했다. 중국 인명도 당시 조선 대중들의 언어 습관을 고려해 한국 한자음으로 표기하되, 처음 언급될 때 한자와 표준 중국어 발음을 병기했다.

이육사 1943

권오단 장편소설

내 여기 가난한 노래의 씨를 뿌려라

산수야

차례

꿈 _ 7

편복(蝙蝠) _ 11

이별 _ 19

소년에게 _ 25

물소리 _ 37

해조사(海潮詞) _ 47

첫 번째 구속 _ 57

말[馬] _ 63

영객생(永客生) _ 70

조선혁명군사정치간부학교 _ 81

비취인(翡翠印) _ 89

노신(魯迅) _ 96

창공(蒼空)에 그리는 마음 _ 102

의의가패(依依可佩) _ 110

춘수삼제(春愁三題) _ 122

바다의 마음 _ 129

빈풍칠월(豳風七月) _ 135

잃어진 고향 _ 144

황혼 _ 152

신월(新月) _ 157

꽃의 기억 _ 173

절정 _ 181

염마장(閻魔帳) _ 189

파초 _ 195

강 건너간 노래 _ 200

서풍(西風) _ 203

노정기(路程記) _ 208

남한산성 _ 212

한 개의 별을 노래하자 _ 219

영면(永眠) _ 224

작가의 말 _ 231

이육사 역사 연보 _ 235

참고문헌 _ 239

이육사 1943

꿈

　꿈을 꾸었소. 긴 잠을 잔 것 같지는 않소. 깜빡 졸았던 것 같은데 길고도 긴 꿈을 꾸었소. 꿈에는 고향집이 있고, 사랑마루에서 할아버지가 웃으며 손을 흔들고 있었소. 할아버지 옆에 비녀를 꽂은 할머니가 있었는데, 지금 생각해 보니 내가 태어나기도 전에 돌아가신 할머닌가 보오.
　할아버지와 할머니는 사랑마루에서 나를 정답게 맞아 주셨소. 나는 영문도 모르고 조부모께 인사를 드리고 집 안으로 들어갔소.
　부엌에서 밥을 짓던 어머니가 밝게 웃으며 손을 흔들어 주셨소. 나는 무척이나 반가워서 부엌 안으로 뛰어갔소. 어머니는 아궁이에 불을 때고 계셨소. 내가 어머니께 무슨 말을 했는지는 기억나지 않는구려. 하지만 곰곰이 생각해 보니 어머니와 정다운 이야기를 주고받았던 것 같소.
　아버지는 안채의 마루에 앉아 담배를 피우고 계셨스. 하늘을 바라보며 두심하게 담배를 피우시던 아버지가 나를 물끄러미 바라보다가 고개를 몇 번 끄덕하셨소.

나는 개구쟁이 어린아이가 된 것처럼 방 안으로 뛰어갔소. 이불 속에 형이 누워 있었소. 작년에 죽은 형(이원기)이었소. 형은 꼬맹이 같은 모습으로 이불 속에 누워 나에게 들어오라고 손가락을 까닥였소. 나는 두말하지 않고 아랫목에 깔린 이불 안으로 기어들었소. 그곳은 어머니의 젖내음이 묻어 있는 세상에서 가장 평화로운 곳, 내가 제일 사랑하는 장소요.

형과 함께 아랫목에 누워 이불을 뒤집어쓰고 세상의 평온을 한껏 맛보려는 순간, 나는 돌연 꿈에서 깨어났소.

여긴 춥고 눅눅하고 어두침침한 감옥이외다. 곰팡이가 피어올라 거뭇거뭇한 벽에 벌레들이 득실거리는 감옥이외다.

조금 전까지 고향 방에 누워 호사를 누리고 있었는데 기가 막힐 노릇이외다. 천당과 지옥이 찰나에 바뀌어 나는 불시에 지옥 끝까지 떨어진 듯하오.

태어나 마흔 해를 살아오는 동안 열일곱 번의 옥살이.

스물네 살 되던 해부터 경찰서와 감옥을 밥 먹듯이 드나들며 주의할 인물, 불령선인(不逞鮮人)이란 명예를 얻었소.

그들은 나를 흉악한 범죄자로 여기지만 나는 일제가 강제로 빼앗아 간 조국을 되찾고 싶었을 뿐이오. 그것이

전과가 되었다면 나에게는 명예로운 훈장이나 마찬가지요. 그래서인지 음습한 감옥이 마치 고향집처럼 느껴지는구려. 아마도, 오랜 감옥살이가 나를 이렇게 만든 모양이오.

곰곰이 생각해 보니 사람은 죽을 때가 되면 죽은 이들이 보인다고 했소. 내가 감옥에서 모진 고문과 고초를 겪은 지가 오래되었고, 근래에 기침하는 병세가 심해지는 것을 보면 내가 죽을 날이 가까워진 듯도 싶소.

죽음이란 것이 정해진 것은 아니지만 불시에 찾아오기도 하는 것이니 내 목숨이 얼마나 남았는지는 하늘만이 알 것이오.

"이육사."

감옥 문이 열리더니 누군가가 들어왔소. 느린 걸음으로 앞장서서 다가오는 사람은 나를 고문하던 형사 나카무라 유이치(中村雄一)요. 어두침침한 감옥에서 두껍게 울리는 발걸음 소리가 나를 숨 막히게 하오.

내 앞에서 멈춘 그는 천천히 몸을 숙여 나를 바라보았소. 그리고 비열한 웃음을 흘리며 말했소.

"오늘은 고문하지 않을 테니 긴장할 것 없어."

"무슨 일이오?"

"북경으로 간다. 북경 영사관에서 연락이 왔다. 너를

그곳으로 데려오라고. 그곳에서 널 조사할 모양이다. 운 좋은 줄 알아라."

 나카무라는 누런 이를 드러내며 비열한 웃음을 지었소.

편복(蝙蝠)

나카무라 유이치.

큰 키에 몸매는 호리호리하고 매부리코에 늑대처럼 눈매가 날카롭소. 나를 구속하고 고문을 가한 것은 일본인이 아니라 조선인이었소. 그는 조선 사람으로 태어나 일본의 개가 되어 조선 사람을 더 야멸차게 괴롭히는 인간이오.

그는 동대문경찰서에서 고문에 능한 형사로 악명이 높았소. 듣기로 조선 사람이라 하는데 자신의 과거를 철저히 숨겨서 경찰서장 외에는 본래 이름을 아는 이가 없다고 하오.

나카무라는 일본에서도 흔하디흔한 성이니 그자는 왜놈들의 세상에서 평범한 일본인으로 살아가고 싶었던 모양이외다.

그에게는 '대나무 귀신[竹鬼]'이라는 별명이 붙었소. 쪼갠 대나무 가지로 살점을 떼 내는 고문을 즐기는 인간이기 때문이오. 그는 고문에 울부짖는 사람들의 모습을 좋아했소. 흥이 나면 쪼갠 대나무를 손톱 안에 쑤셔 넣어 고통스러워하는 모습을 즐기곤 했소. 마음속에 온기라곤 없는 냉혈한이오. 하긴 나카무라 같은 자들이 한둘이겠소?

노덕술은 조선인으로서 독립지사들을 괴롭힌 대표적인 일경으로 '일경의 호랑이'라 불리던 인물이오. 그는 '마쓰우라 히로(松浦鴻)'라는 이름으로 개명하여 일본인보다 더 잔혹하게 독립지사들을 고문하여 악명을 날렸소.

하판락은 '고문귀'로 악명이 높았는데 '가와모토 한라쿠(河本判洛)'로 이름을 바꿨소. 하판락은 피를 뽑아내는 착혈고문으로 유명했는데 독립지사들은 인두겁을 쓴 짐승이라고 이를 갈았소.

김태석은 '가네무라 다이샤쿠(金村泰錫)'로 개명하여 일본인 경찰들보다도 몇 배는 더 혹독한 고문과 심문으로 '고문왕'이라는 별칭이 생겼소.

나카무라 형사 역시 고문에 능한 잔혹한 인물이었소. 그와 나의 인연은 9년 전으로 거슬러 올라가오.

내가 서른한 살 되던 해, 조선혁명군사정치간부학교 출신자 검거 때 피검되어 구속된 적이 있소. 그때 나카무라가 우리를 취조했소. 그의 대나무 고문은 매우 고통스러웠소. 하지만 나는 이상하리만치 고문을 잘 참아 내었소. 과거에도 독한 고문을 당한 적이 있지만 나는 꿋꿋하게 참아 내었소.

나는 어릴 적부터 눈물을 흘리지 않는 사람이 되라고 배워 왔소. 열다섯 살 무렵 『대학(大學)』을 읽고 '수신제가치국평천하(修身齊家治國平天下)'의 도를 전부 배웠다고 스스로 도취한 적이 있었고, 마을 앞에 굉음을 일으키며 흐르는 낙동강을 바라보고 높은 칼선대에서 세상을 굽어보며 호연지기를 키웠노라 자부하였소. 그래서인지 나는 혹독한 고문에도 굴하지 않고 참아 낼 수 있었소. 하지만 처남은 나카무라의 고문을 이기지 못했소.

처남 때문에 여러 명의 동지가 잡혀 들어갔소. 그 후로 나는 처남과 절교했고 더 이상 만나지 않았소. 돌이켜 보면 처남은 고문에 굴복한 것이고, 고통은 누구나 쉽게 참을 수 있는 것이 아니오. 나를 고문했던 형사조차 "너 같은 것은 백에 하나 나올까 말까 하다."라고 하였으니 말이외다.

지금 생각하면 처남이 무슨 죄가 있겠소? 잘못된 세상을 만난 피해자가 아니겠소? 당시는 내가 젊고 혈기 왕성할 때라 치미는 분노를 참지 못해서 처남과 절교한 것이었소. 어쨌든 처남과 나 사이를 이간한 것은 일제의 앞잡이들이니 그들이야말로 죄악의 근원이고 원죄를 가진 이들이외다.

나는 창씨개명하여 일본인의 이름을 가지고 조선인을

탄압하는 앞잡이들을 '박쥐'라고 불렀소.

박쥐는 한자로 복 복(福) 자와 음이 같아 그림과 문양으로 사랑을 받았지만, 실제로는 이중인격인 인간들을 말하오. 그들은 부귀와 이익을 위해 언제든지 양심을 팔고 나라를 팔 수 있는 사악한 인간들이외다.

야만의 시대에는 박쥐 같은 인간들이 차고도 넘치오. 본래 나라를 팔아먹은 을사오적도 박쥐 같은 자들이니 그를 닮아 부귀영화를 누리려는 인간들이 없을 리 없겠지만, 배운 것이 없는 장삼이사(張三李四)들이 아닌 지식인들의 변심에 나는 놀라지 않을 수 없었소.

춘원 이광수는 명실상부한 조선 최고의 소설가요. 1917년 1월 1일부터 『매일신보』에 연재된 장편소설 『무정』 이후로도 『마의태자』, 『단종애사』, 『이순신』, 『흙』, 『유정』, 『그 여자의 일생』 등 수많은 소설을 발표했소. 조선사람들 가운데 춘원의 소설을 읽지 않은 이들이 없을 정도로 유명하오. 하지만 그 역시 일신의 안위를 위해 이름을 일본식으로 고쳤소.

내가 놀란 것은 일제가 창씨개명을 위해 조선민사령(朝鮮民事令)을 개정, 공포하고 창씨개명을 접수하기 시작하자 춘원 이광수가 그날 아침 가장 먼저 달려가 '가야마 미쓰로(香山光郎)'란 이름으로 등록을 마쳤다는 것이오. 심지어 그는 자신의 개명을 자랑스럽게 신문지상에 올려 조선인의 창씨개명을 독려하였소.

조선 3대 시인이라는 미당 서정주는 '다쓰시로 시즈오(達城靜雄)'로 이름을 바꾸고 태평양전쟁과 가미카제 같은 전쟁범죄들을 찬양하며 조선인의 전쟁 참여를 독려하는 시와 글을 신문에 발표하였소.

그 밖에도 일일이 이름을 댈 수 없을 정도로 많은 지식인들이 일신의 부귀영화를 위해 자신의 이름을 버리고 일본 이름으로 바꾸었소.

이름은 어떤 사물이나 사람을 다른 것과 구별하여 부르는 일정한 칭호외다. 이름 그 자체로 존재의 이유와 특성을 나타내는 것이오.

일제가 우리 조선어 사용을 금지하고 일본어를 가르치며, 창씨개명을 강행한 것은 이름을 통해 민족의 정신을 말살하려는 의도인 것이오. 하지만 놀랍게도 이를 지지하는 이들은 변절한 지식인이외다. 박쥐 같은 지식인이외다.

이름을 빼앗기면 정신도, 근본도 빼앗기고 마는 것이오. 당장은 아니지만, 차차 시간이 지날수록 본래의 정신은 희미해져 그렇게 사라지게 되오. 일제가 노리는 것이 바로 그것이외다.

일본이 조선을 식민지로 삼은 지 30여 년이 지나는 동안 사회 곳곳에서 박쥐 같은 변절자들이 판을 치고 있으니 참담한 마음을 금할 길이 없고 끓는 분노를 참을 길 없소.

    나는 창씨개명에 관한 신문기사를 본 후, 분한 마음에 시 한 편을 지었소. 그것이 「편복」이외다.

편복(蝙蝠)

광명을 배반한 아득한 동굴에서
다 썩은 들보와 무너진 성채 위 너 홀로 돌아다니는
가엾은 박쥐여! 어둠의 왕자(王者)여!
쥐는 너를 버리고 부잣집 곳간으로 도망했고
대붕(大鵬)도 북해(北海)로 날아간 지 이미 오래거늘
검은 세기(世紀)의 상장(喪裝)이 갈갈이 찢어질 긴 동안
비둘기 같은 사랑을 한 번도 속삭여 보지도 못한
가엾은 박쥐여! 고독한 유령이여!

앵무와 함께 종알대어 보지도 못하고
딱따구리처럼 고목을 쪼아 울리도 못하거니
마노보다 노란 눈깔은 유전(遺傳)을 원망한들 무엇 하랴
서러운 주문일사 못 외일 고민의 이빨을 갈며
종족과 회를 잃어도 갈 곳조차 없는

가엾은 박쥐여! 영원한 보헤미안의 넋이여!

제 정열에 못 이겨 타서 죽는 불사조는 아닐망정
공산(空山) 잠긴 달에 울어 새는 두견새 흘리는 피는
그래도 사람의 심금을 흔들어 눈물을 짜내지 않는가?
날카로운 발톱이 암사슴의 연한 간(肝)을 노려도 봤을
너의 먼 조선(祖先)의 영화롭던 한 시절 역사도
이제는 아이누의 가계(家系)와도 같이 서러워라!
가엾은 박쥐여! 멸망하는 겨레여!

운명의 제단이 가늘게 타는 향불마저 꺼졌거든
그 같은 새 짐승에 빌붙일 애교라도 가졌단 말가?
호금조(胡琴鳥)처럼 고운 뺨을 채롱에 팔지도 못하는 너는
한 토막 꿈조차 못 꾸고 다시 동굴로 돌아가거니
가엾은 박쥐여! 검은 화석의 요정이여!

 이 시는 아직 세상에 발표되지 않은 작품이외다. 내 나라가 일제의 손아귀에서 벗어나지 못한다면 영원히 발표되지 못할지도 모르오.
 아! 생각해 보면 이 모든 것이 나라가 망한 탓이니 누구에게 책임을 물을 수 있겠소? 이완용은 이미 죽은 지 오

래고 을사오적 또한 저승 불의 고통을 당하고 있을 테니 내가 할 수 있는 일은 시로 울분을 푸는 것밖에 없는 것이오.

　언제쯤 내 나라가 독립되어 박쥐 같은 인간들에게 죄를 물을 수 있겠소? 안타까운 노릇이외다.

이별

감옥 문이 열리고 간수들이 들어왔소. 그들의 손에 족쇄와 포승줄, 용수가 보이오.

"일어나라! 북경으로 간다."

그들은 나를 일으켜 족쇄를 채우고 포승줄로 묶은 후 머리에 용수를 씌웠소. 족쇄와 포승줄은 나를 옥죄는 도구고, 대나무로 만든 용수는 막걸리를 거르는 도구가 아닌 죄인의 얼굴을 가리는 옥구(獄具)요.

죄인의 용수에는 눈구멍만 뚫려 있을 뿐이오. 그 작은 틈이 내게 허락된 세상이오.

나는 눈을 가린 말처럼 세상과 차단되어 포승줄에 묶여 끌려가는 수밖에 없소. 대체 내가 어떤 사람이기에, 이들은 나를 이렇게 모질게 대한단 말이오.

나를 북경으로 데려가는 것은 무기 반입 혐의를 조사하기 위해서일 것이오. 함께 모의했던 동지가 북경에 잡힌 것인지도 모르오. 아무리 그러하더라도 낯선 이국으로 나를 데려가는 이유를 알 길이 없소.

용수에 뚫린 틈새 너머로 나카무라가 보이오. 그는 경찰서 앞에서 팔짱을 끼고 서서 나를 바라보고 있소. 얼굴을 잔뜩 찌푸린 것이 내가 그의 손아귀에서 벗어나 북경으로 가는 것이 불만인 모양이외다.

나는 동대문경찰서 앞에서 기다리고 있는 호송 트럭에 올랐소. 이내 나를 태운 차가 덜컹거리며 움직였소.

북경으로 가려면 이곳에서 멀지 않은 청량리역에서 기차를 타야 하오.

젊은 시절, 나는 중국을 마음껏 다닐 수 있었소. 만주, 봉천, 북경과 남경까지, 그 넓은 광야에서 나는 조선의 독립을 위해 싸우는 지사들을 수도 없이 만났소. 약산 김원봉, 허형식 등등. 나는 펜을 무기 삼아 살아왔지만, 그들처럼 총을 들고 앞장서서 일제와 싸우는 사람이 되고 싶었소.

나라가 없는 이에게 자유란 본래 존재할 수 없는 것이오. 나는 사람으로 태어났지만, 자유가 없는 사람이외다. 내 몸을 맘대로 움직일 수도 없소. 내가 볼 수 있는 세상도 한정되어 있소. 용수 안에서 볼 수 있는 세상이 그들이 내게 부여한 세상이외다. 일제는 날 완전히 속박하려 하지만 내 마음마저 속박할 수는 없을 것이오.

얼마쯤 갔을까? 호송 트럭이 멈추었소. 아마도 청량리

역에 도착한 모양이오. 트럭에서 내려 역으로 걸어가고 있을 때 어디선가 귀에 익은 목소리가 들려왔소.

"옥비 아버지."

나는 걸음을 멈췄소. 아니, 멈출 수밖에 없었소.

어떻게 알았는지 역 앞에 아내가 와 있었소. 아내는 영천 화북에 사는 안용락의 딸인 안일양이오. 나이는 나보다 두 살 어렸는데 나는 부친의 엄명으로 열여덟 되던 해에 그녀와 결혼하게 되었소.

아내와 나 사이에 아들이 하나 있었지만, 병으로 세 살 되던 해에 하늘로 떠나보냈고, 그 후로 내가 여러 곳을 전전하면서 아내와는 데면데면하게 지내 왔던 것 같소.

사실대로 말하자면 9년 전 처남의 밀고로 나는 처가와 거리를 두고 지내 왔소. 처남 안병철의 밀고를 알고는 아내와도 의절했던 것이오. 나는 장인에게 장문의 편지를 썼고 아내와 인연을 끊겠다고 했지만, 사람의 인연이란 것이 쉽게 끊어지는 것은 아니었소. 내가 떠난 후에도 아내는 시댁에서 부모님을 정성껏 봉양했고, 어머님의 회갑연에서 나는 아내에게 닫힌 마음을 풀었소.

내 딸 옥비는 내가 서른여덟, 늘그막에 본 외동딸이외다.

서른여섯 되던 해에 딸아이 경영이 태어났지만 백일도

되지 않아 하늘로 가 버려 아이에 대한 욕심을 버렸는데, 늘그막에 생명이 하나 생긴 것이오.

아이는 병치레 없이 무럭무럭 자라 주었고, 나는 그 아이에게 욕심 없이 담담하게 살아가라는 의미로 '옥비(沃非, 기름지지 말라)'라는 이름을 지어 주었소.

옥비는 내 유일한 혈육이며 금지옥엽이외다.

올해 세 살이니 가장 예쁠 나이요, 눈에 넣어도 아프지 않은 딸이외다. 나는 영영 옥비를 보지 못할 것이라 상심하였는데 다행스럽게도 아내와 옥비가 눈앞에 와 있는 것이오.

"아빠, 아빠."

용수의 틈새로 아내와 칠촌 아재인 이규호의 등에 업힌 옥비가 보였소. 옥비는 통통하고 하얀 손을 나에게 뻗으며 서툰 발음으로 나를 불렀소.

아! 아이의 모습을 보니 가슴이 찢어지는 것 같구려.

나는 뽀얗고 예쁜 아이의 얼굴을 온전히 볼 수 없소. 두 팔을 벌려 옥비를 따뜻하게 안아 줄 수도 없소. 옥비도 내 얼굴을 볼 수 없을 것이오. 부녀간에 아무것도 할 수 없다니 한탄스럽고 원망스럽소. 이것이 자유를 빼앗긴 사람, 나라 없는 이의 설움 아니겠소.

"시간이 없다. 어서 가자!"

경관이 나를 재촉하는구려.

"다녀오겠소."

나는 아내와 옥비를 뒤로하고 무거운 걸음을 옮겼소.

눈앞에 옥비의 얼굴이 아른거리오. 까맣고 커다란 눈과 앵두 같은 입술, 작고 통통한 귀여운 손과 발을 다시는 만질 수 없구려.

자유를 빼앗기고 포승줄에 묶인 이가 할 수 있는 일이 무엇이 있겠소? 가슴이 저리고 눈물이 차올랐지만 이를 악물어 참을 수밖에 없었소.

나는 나를 감시하는 경관과 함께 기차의 1호실 구석에 자리를 잡았소. 이곳은 문틈으로 찬 바람이 몰아치는 자리외다. 나를 감시하는 경관은 통로 맞은편에 자리를 잡고 앉았소. 그는 의자에 등을 괴고 편안하게 기대고 있소.

나는 이제 이 기차를 타고 북경으로 가야 하오. 머나먼 이국땅으로 가야만 하오.

아! 나는 어쩌다 이런 신세가 되었단 말이오.

아침에 꾸었던 꿈이 마음에 걸리오. 사람은 죽을 때가 되면 죽은 이들이 보인다고 하는데, 아내를 다시 볼 수 있을지 모르겠소. 눈에 넣어도 아프지 않을 내 딸 옥비를 보는 것도 쉽지 않을 듯싶소.

눈앞에 옥비의 얼굴이 아른거리오. 그 곱고 예쁜 아이

를 한 번만 안아 볼 수 있다면 얼마나 좋겠소.

　옥비를 생각하면 내 유년의 기억이 떠오르오. 나의 세상은 항상 불안했고 평생토록 근심에 휩싸여 살아야 했소. 그럴 때면 나는 어린 시절을 떠올렸소. 아무런 걱정 없이 천진난만하게 살아왔던 어린 시절 말이오.

소년에게

내 고향은 경상도 예안 원촌마을이오. 아주 먼 옛날에는 우리 마을을 '마계촌(馬繫村)'이라고 불렀는데 동네 노인들은 '말맨데'라고도 불렀소.

우리 마을은 건지산의 남쪽 기슭에 자리하고 있는데 뒤로 산이 연하여 활처럼 감싸고 있고 그 산기슭에 백여 호의 집이 있소. 마을 앞에는 뽕나무밭, 조밭, 담배밭이 평야와 같이 펼쳐졌는데, 다시 그 앞으로 뻗은 방죽 위에 느티나무들이 하늘을 찌를 듯이 서 있소. 그중에서도 제일 큰 느티나무 두 그루가 방죽 한가운데 서 있는데, 몇백 년이나 묵은 고목이라 여름이면 나무 그늘만 해도 온종일 빛 한 번 들지 못할 만큼 큰 나무였소. 그 나무를 우리는 당나무라고 부르고 여름철에는 나무 밑에서 글도 읽고 놀기도 하였소. 그리고 방죽 앞에는 마치 비단을 깔아 널어놓은 듯한 잔디밭이 있었소.

석양이 질 때면 잔디밭에서 말달리기를 한다고 고두 옷고름을 풀어 고삐로 삼아, 타는 사람은 업히고 마부까지

끼워서 말 노릇하는 애가 당나귀 소리를 내며 달음박질을 했었소. 그때가 어제 일처럼 느껴지오.

우리 집은 마을의 왼편 가운데 있었소. 기와를 얹은 집이었고, 끼니는 굶지 않았으니 가난한 편은 아니었던 것 같소.

여섯 명의 형제가 있었기 때문에 '육형제집'이라고 불렸는데 딴엔 퇴계 어르신의 후손이라는 이유로 어려서부터 할아버지에게서 한문을 배웠소.

다섯 살 무렵부터 할아버지에게 『천자문』을 배웠고, 여섯 살부터는 『소학』을 익혔고, 그 후부터는 『대학』, 『논어』, 『중용』 등의 한문 고전을 두루 배우게 되었소.

내 나이가 일곱이나 여덟 살쯤 되었을 때 여름이 되면 낮으로는 집안 소년들과 함께 모여서 글을 짓는 것이 일과였소.

오언(五言), 칠언(七言)[1]을 짓고 그것이 능하면 제법 음을 달아서 과문(科文)[2]을 짓고 그 과정을 넘어서면 논문을 짓곤 하는데, 여름 한 철 동안은 사서삼경을 읽지 않고 그 외의

---

1. 오언은 다섯 글자, 칠언은 일곱 글자로 한 구절이 이루어진 한시의 형식. 또는 그런 형식의 한시.
2. 고려, 조선시대에 과거 시험 과목에서 쓰였던 문체.

책들을 주로 보았소. 그중에도 『고문진보』나 당송 팔대가(唐宋 八大家)[3]의 책을 읽는 사람도 있고 『동인시화』나 역사를 간략하게 기술한 『사초(史抄)』를 외우는 사람도 있었소.

그 무렵에는 글을 짓는다고 해도 그것이 경국대업(經國大業)[4]도 아니고 오언고풍(五言古風)[5]이나 운자로 글을 짓는 것이었지만, 그때는 그것만 잘하면 된다는 생각에 열심으로 공부했던 모양이오. 그래서 글을 지으면 오후 세 시쯤 되어서 어른들이 모여 노니는 정자나무 아래나 공청(公廳)[6]에 가서 보이고 장원을 뽑기도 하였소.

정자나무 아래에 있던 어르신들은 글을 배운 분들이라 우리가 지은 글을 평가하여 등급을 정했소. 좋은 것은 상지상(上之上), 그만 못한 것은 상지중(上之中), 또 그만 못한 것은 상지하(上之下)로 급수를 매기되 그중에 특출한 것이 있으면 가상지상(加上之上)이란 급이 있고, 이상(二上), 삼상(三上), 이하(二下), 삼하(三下)란 가혹한 등급을 매기기도 하였소.

---

3. 당나라와 송나라 때의 뛰어난 문장가 여덟 명. 당나라의 한유, 유종원, 송나라의 구양수, 소순, 소식(소동파), 소철, 증공, 왕안석을 말한다.
4. '문장은 나라를 다스리는 큰일'이라는 뜻으로 문학의 중요성을 강조하는 말.
5. 한 구절이 다섯 글자로 이루어진 옛날 형식의 한시.
6. 관아의 건물.

문제는 언제나 가상지상이라는 것에서 나왔소. 이 등급을 얻은 사람은 장원을 한 만큼 장원례를 내야만 했소.

 장원례란 것은 내는 방법이 여러 가지인데 사람에 따라서는 술 한 동이에 북어 한 쾌도 좋고, 참외 한 접에 담배 한 갑쯤을 사 오면 담배는 어른들이 나눠 피우고 참외는 아이들 차지였소. 그뿐 아니라 장원을 하면 백지 한 권의 상품을 받을 수도 있었소. 장원이라도 되는 양이면 집안의 가산이 거덜 나는지도 모르고 벼슬이라도 얻은 것처럼 우쭐대기도 했소.

 낮 공부가 끝나고 밤이 찾아오면 할아버지께서는 우리를 불러 앉히고 별들의 이름을 가르쳐 주기도 했소. 맑게 갠 밤에는 은하수가 쏟아질 듯 아름다워서 하늘만 바라보아도 우리는 상상의 나래를 펼 수 있었소.

 할아버지는 하늘의 별을 가리키며 저 별은 문창성이고, 저 별은 남극노인성이고, 또 저 별은 삼태성이고……. 이렇게 가르치시는데 삼태성이 우리 화단의 동편 옥매화 나무 위에 비칠 때는 여름밤이 무정하여 첫닭이 울고 별의 전설에 대한 강의도 끝이 나오.

 그때 신기하게 들은 이야기는 낙동강 위를 가로질러 떠 있는 은하수가 유월 유두를 지나면 차츰차츰 머리를 돌려서 팔월 추석을 지나고 나면 완전히 동서로 위치를 바꾼다는 것이었소. 이때가 되면 어느 사이에 들에는 오곡이 익고 동리 집 지붕마다 드렁박(조롱박)이 드렁드렁 굵어 가는 사이로 늦게 핀 박꽃이 한결 더 희게 보였소. 그러면 우리가 오언고풍을 짓던 공부를 마친다고 온 동리 사람들이 모여서 잔치를 하며 야단법석을 하는 것이었소.

칠월 칠석은 견우성과 직녀성이 1년에 한 번 만나는 날인데 은하수로 가로막혀서 만날 수가 없기에 옥황상제가 인간 세상에 있는 까마귀나 까치를 불러서 다리를 놓게 하는 것이며, 그래서 만나는 견우직녀는 서로 붙잡고 회포를 다 풀기도 전에 첫닭 소리를 들으면 울면서 잡은 소매를 놓고 갈라서야만 한다는 것, 까마귀와 까치들은 다리를 놓기 위해 돌을 이고 은하수를 올라갔기에 칠석을 지나고 나면 모두 머리가 빨갛게 벗겨진다는 것, 이러한 얘기를 듣는 것은 잊히지 않는 재미였소.

그래서 나는 어린 마음에도 지상에는 낙동강이 제일 좋은 강이고 창공에는 아름다운 은하수가 있거니 하면서 형용할 수 없는 한 가지 자부심을 느끼곤 했소.

숲 사이로 무수한 유성처럼 흘러 다니는 고운 반딧불이 차츰 없어질 즈음 가을벌레의 찬 소리가 뜰로 하나 가득 차면 나의 일과도 달라지기 시작했소. 여태까지 읽던 『외집』을 덮어 놓고 등잔불 밑에서 또다시 경서를 읽기 시작하는 것이오.

경서는 처음부터 끝까지 내리읽는 연송을 해야만 시월 중순부터 매월 초하루 보름으로 있는 강(講)7을 낙제하지 않는 법이오. 그런데 이 강이란 것도 벌써 경서를 읽는 수준이라면 『대학』이나 『중용』 같은 단권은 그다지 힘들지 않소. 『논어』나 『맹자』나 『시경』, 『서경』을 읽는 수준이 되면 어느 권에 무슨 장이 나올지 모르니 전질을 다 외워야 하므로 여간 힘든 일이 아니오. 그래서 십여 세 남짓했을 때 이런 고역을 하느라고 추석에 책과 씨름을 하곤 했소.

경서를 달달 외다 삼경(밤 열한 시에서 새벽 한 시 사이)을 넘어 영창을 열고 보면 하늘에는 무서리가 내리고 삼태성이 은하수를 막 건너선 때 먼 데 닭 우는 소리가 어지러이 들리곤 했소. 다행인 것은 형과 아우 원일이 함께여서 덜 고됐다는 것이오.

사람들은 내가 어린 시절 글만 읽었다고 생각할 수도 있소. 하지만 산골 깊은 골짜기에 사는 아이가 마냥 글만 읽고 살 수 있겠소?

나는 겨울이 되면 동네 아이들과 토끼를 잡으러 산과

---

7. 서당에서 배운 글을 선생이나 시험관, 또는 웃어른 앞에서 외던 일.

들을 뛰어다녔고, 늦은 봄부터는 마을 앞 낙동강에서 밤이 늦도록 놀았소. 가히 강에서 살았다고 해도 과언이 아니었소.

글은 안 읽고 놀기만 한다고 종아리 맞은 것도 태형으로 친다면 십 년 역(役)은 때운 셈이런만, 그래도 은어 새끼 몇 마리 잡히는 사발무지[8]에 재미를 붙여서 미끼로 쓰는 번데기를 얻으러 동네 구석구석을 극성스럽게 돌아다니기도 했소. 아이들과 반두질[9]도 하고 통발 낚시를 하다가도 잘 안 잡히는 은어 새끼에 정이 떨어지고 날씨까지 더워지면 우리 모두 물고기처럼 물속으로 들어가기 시작했소.

아침밥만 뜨고 나면 보리밭골로 새어 나오고 뽕나무 그늘로도 숨어 나오는 동네 악동 무리들이 본부처럼 정해 놓고 가는 곳은 붉은바위소였소. 그 바위소는 얼마나 깊은지 전설과 같이 내려오는 말에는 명주 실타래를 몇이나 풀어 넣어야 그 끝이 바닥에 닿는다고 했소. 하지만 바로 그 옆은 바닥에 모래가 깔리고 물 깊이도 얼마 되지 않으며 물결도 세지 않아서 아마도 우리 조상이 그 땅에 들어오는

---

8. 국그릇이나 밥그릇 등에 물고기를 유인할 먹이를 조금 넣고 가운데 구멍을 낸 천이나 비닐로 입구를 봉해 만든 고기잡이 기구.
9. 반두(양쪽 끝에 가늘고 긴 막대로 손잡이를 만든 그물)로 물고기를 잡는 일.

날부터 먹 감는 터로 정해 놓았던 것 같소.

먹을 자주 감을 때는 식전 식후로 예닐곱 번 먹을 감는 것은 예사였소. 지금 생각해도 무슨 말인지는 모르지만 물놀이를 너무 많이 하면 몸에서 진액이 빠진다고 야단을 치고 말리던 어른들의 말도 거짓말이 아니었던 모양이오. 물놀이를 하고 나면 빨리 허기졌기 때문이오.

물놀이를 하다가 배가 고프면 문제가 생겼소. 집에 들어가 밥을 먹게 되면 외출을 못 하게 금족을 당하니까 건넛마을에서 참외서리를 하게 되는 것이오. 물속에서 참외를 먹으면 여느 때보다 갑절은 먹힌다는 터무니없는 낭설이 원두막을 망치는 근본이외다.

참외를 딸 때는 넝쿨이 상하지 않게 잘 따야 참외가 연달아 열릴 것인데 백주 대낮에 벌거벗고 참외 도적질을 하다 보니 이런 것 저런 것 봐줄 리가 없었소. 익은 놈, 생둥이 할 것 없이 손에 걸리고 발에 걸리는 대로 휩쓰니 한 번만 지나오면 참외밭이 아수라장이 되고 마는 것이오. 잘못해서 참외밭 주인에게 들키기라도 하면 이렇게 소리쳤소.

"가을에 쌀로 받아 가시오!"

그러곤 저마다 쏜살같이 달아나니 우리들은 청개구리보다 더한 악동들이었던 것이오.

하루는 먹 감는 일과를 마치고 물속에서 나와 보니 벗

어 놓은 옷이 하나도 없는 것이 아니겠소. 아무리 찾아보아도 눈에 뜨이지 않고 지나가는 초동들에게 물어보아도 옷의 행방을 아는 이가 없었소. 구룡연 못에서 멱 감던 선녀가 옷을 잃었다는 전설은 나중에 들어 알았지만 그때 우리의 처지 역시 선녀와 마찬가지였던 것이오

하는 수 없이 물속에 들어갔다가 모래밭에 나와 볕도 쪼이고 하면서 서로 옷 찾을 궁리를 해 보았지만 아무런 계책도 나오지 않고, 해는 점점 기울어 볕살조차 얇아 가니 오들오들 한기가 들었소.

바로 그때, 마을에서 우리에게 제일 미움을 받는 벼락장군 노인 한 분이 칡넝쿨로 우리 옷을 묶어 들고 뒷산 바위틈으로 내려오면서 호랑이처럼 호통을 치는 것이 아니겠소.

"요놈들, 모두 나오너라!"

처음에는 어찌나 놀랐던지 어떤 애는 물속으로 들어가기도 하고 어떤 애는 달아나기도 했으나 결국은 일망타진이 되어서 집으로 붙잡혀 들어가게 되었소. 그 결과는 집집마다 태형으로 종아리가 불이 났던 것이오.

악동들의 패악질에 참외밭 원두쟁이가 가을에 가서 무엇이라고 억울함을 호소했던지 우리들은 집안 어른들께 한바탕 불벼락을 호되게 맞았던 것이오. 그럼에도 나는 낙

동강을 참으로 좋아하였소.

낙동강가에는 하얀 조약돌들이 일면으로 깔려 있었는데, 나는 그곳에 홀로 앉아 우리 집 화단에 가져다 놓을 차디찬 괴석들을 주우면서 흘러가는 강물 소리 듣는 것을 좋아하였소.

낙동강은 멀리 태백산 황지연에서 시작되어 청량산을 굽이굽이 돌아 마을을 지나가오. 봄날 새벽에 흐르는 물소리는 쩡쩡 소리를 내며 청렬한 품이 좋고, 여름 큰물이 내릴 때면 왕양한 기상도 그럴듯하지만 하늘보다 푸른 심연을 지날 때는 빙빙 맴을 돌아 어질어질하오. 여울을 지나면 소낙비를 모는 소리가 나고 다시 경사가 낮은 곳을 지날 때는 서늘한 가을부터 내 옷깃을 날리오. 저 아래로 내려가면서는 큰 바위를 때려 천병만마가 휘몰아 가는 것 같아서 좋았소.

강가에 우뚝 솟은 윷판대도 좋소. 그곳은 마을 아이들과 전쟁놀이를 하러 마을 서편의 산등성이를 따라가면 나왔는데, 절벽 위 돌 위에 윷판을 새긴 곳이오. 동네 어른들 말로는 옛날 신선들이 윷놀이를 할 때 썼던 것이라 하더이다.

윷판대 위에서 바라보면 흘러가는 낙동강 줄기와 왕모산과 청량산이 한눈에 들어왔소. 그곳에 서 있으면 세상에 홀로 선 것 같은 마음이 들기도 했으니 어린 시절 호연지기를 길렀던 장소 같기도 하오. 이것이 대략이나마 내가 떠올리던 어린 시절의 고향에 관한 기억이외다. 나는 나중에 나의 어린 시절의 기억을 떠올리며 시 한 편을 지었소.

소년에게

차디찬 아침 이슬
진주가 빛나는 못가
연꽃 하나 다복이 피고

소년아 네가 났다니
맑은 넋에 깃들여
박꽃처럼 자랐어라

큰 강 목 놓아 흘러
여울은 흰 돌쪽마다
소리 석양을 새기고

너는 준마(駿馬) 달리며
죽도(竹刀) 저 곧은 기운을

목숨같이 사랑했거늘

거리를 쫓아다녀도
분수(噴水) 있는 풍경 속에
동상답게 서 봐도 좋다

서풍 뺨을 스치고
하늘 한가 구름 뜨는 곳
희고 푸른 즈음을 노래하며

노래 가락은 흔들리고
별들 춥다 얼어붙고
너조차 미친들 어떠랴

「소년에게」는 어린 시절의 나에게 쓴 시외다. 이 시를 외면 어린 시절의 기억이 아롱아롱 떠오르고 입가에 미소가 싱글벙글 피어나오. 생각하면 할수록 참으로 아름다운 시절이외다. 나의 어린 시절은 그렇게 아름다웠소.

물소리

　어린 당아지처럼 철없이 뛰놀던 시절에는 모르던 일들이 나이가 들면서 차차 알아지게 되오. 그것이 세월의 힘 아니겠소.

　집에서 한학을 배우던 나는 따로 학교에서 신식교육을 받게 되었소. 본래 그곳은 보문의숙이라고 했는데 진성 이씨 가문에서 만든 문중학교였소. 이를테면 도산서원의 재산을 기반으로 설립된 서원학교라고 할 수 있소.

　1905년 을사늑약이 체결된 후, 일제는 식민교육을 전제로 이듬해부터 교육 통제를 시작했소. 폐지되는 서원과 서당의 기본재산을 국가가 몰수한다는 것이었소. 이는 일제의 토지 수탈 정책과 그 궤가 같았소. 또한 거기에는 조선의 교육기관을 없애서 조선 사람들을 우민화하겠다는 속셈이 숨어 있었소.

　을사늑약 이후에 '총독부 말뚝은 도깨비방망이'라는 말이 생겼는데, 관청에 신고하지 않은 재산은 모조리 총독부에서 돌수해 갔기 때문이오.

일제에 반발심을 가졌거나 산간벽지에 있어서 정보에 밝지 않은 문중과 집안의 땅은 신고를 하지 못해 대부분 조선총독부에 강제로 빼앗겼소. 뒤늦게 그 소식을 알게 된 땅 주인들이 항의를 했지만 소용이 없었소. 일제는 원 소유자들이 법을 어겼기 때문이라고 자신들의 강도 행각을 정당화했소. 하지만 그것은 조선 백성들의 합의 없이 일제가 맘대로 만든 법이었소. 일방적인 법이었소. 당시에 우리 국토의 7할이 총독부의 토지조사 사업 과정에서 몰수되었다 하니 칼만 안 든 강도와 다를 것이 무엇이 겠소.

도산서원의 경우에도 강제로 몰수될지 모르는 재산을 지키기 위해 스스로 학교를 설립하는 방법을 택한 것이었소. 서원학교지만 보문의숙은 신식교육을 병행했기 때문에 초기에는 일대 유림들의 반발이 많았소.

보문의숙과 비슷한 성격인 안동의 협동학교에 최성천이 지휘하는 의병 세력들이 침입하여 교감과 교사 등을 살해하는 사건이 일어나 동리에 소문이 흉흉하게 났었다고 하오.

협동학교 사건 후, 태극교의 김일제라는 인물은 직접 보문의숙을 찾아와 신식학문을 가르치는 것을 질책하기도 했지만, 보문의숙은 유림들의 반대에도 설립되어 운영될 수 있었소. 그것은 퇴계의 13대 종손인 이충호 어르신과 문중 인물들의 조력 때문이었소. 예안은 퇴계 선생의 영향력이 아직도 강한 곳이어서 그 후광으로 보문의숙은 존속될 수 있었던 것이오.

보문의숙의 건물로는 계남고택이 활용되었소. 계남고택은 퇴계 어르신의 8세손인 이귀용이 하계마을에 지은 종가 건물이오. 70여 칸 되는 계남고택에 보문의숙이 세워지면서 인근에 있던 하계와 원촌에서 운영되던 서당들이 통폐합되면서, 학생들은 이곳에서 신식교육을 받게 되었소.

내가 보문의숙을 다닌 것은 2년 정도인데 그곳에서 서양의 역사와 지리, 법률과 사회 등 서구의 문명을 접하게 되었소. 중국과 우리나라의 역사와 문화를 가르치던 한학의 테두리에서 벗어나 바야흐로 새로운 세상에 눈을 떴던 것이오.

그때 우릴 가르쳤던 선생님은 박광희, 홍두식, 이범영, 구자경, 이재봉, 안종순이었소. 그분들은 서울에 있는 보성중학교를 나온 인재들이었는데 문중 어르신의 초대로 시골 벽촌으로 찾아와 우릴 가르쳐 주셨소.

나는 선생님들을 통해 우리나라가 일본에게 나라를 빼앗겼다는 것을 알게 되었소. 선생님들은 일본에 빼앗긴 나라를 되찾기 위해서는 힘을 키워야 하며 나라를 되찾을 힘은 교육에서부터 나온다고 강조하셨소. 일본은 메이지유신으로 서양의 기술을 배워 강대국이 되었는데 우리나라는 시대에 뒤처져 일본의 손아귀에 들어갔다면서 많은 이야기를 해 주셨소.

보문의숙에 다닐 때 『이충무전』과 『삼일신고』를 읽었는데 그것은 판매 금지된 책이었소. 심대윤 선생이 쓴 『이충무전』은 몇 번이나 읽었던 기억이 나오.

『이충무전』은 충무공 이순신에 관한 책이오. 이순신은 무과시험을 보다가 말에서 떨어졌지만 부러진 다리를 버드나무 가지로 싸매고 끝까지 시험을 보았소. 결국 그는 무관이 되었고, 후일 임진왜란이 발발했을 때 거북선을 만들어 왜병들을 물리치고 장렬하게 전사했다는 이야기였소. 후일 춘원 이광수가 이순신의 일대기를 사실적으로 써서 발표했는데 나는 이 책을 통해서 많은 생각을 하게 되었소.

우리나라가 일본에게 나라를 빼앗긴 것은 내가 태어나 일곱 살이 되던 경술년(1910년)으로 알고 있소. 하지만 그 이전부터 일본은 우리나라를 빼앗기 위해 많은 음모를 꾸며 왔소. 내가 그것을 아는 이유는 우리 지역에 수많은 의병들이 있었기 때문이오.

단발령이 시행되던 을미년(1895년)에 선성의진(선성의병)이 일어났소. 잣나므골 사시던 향산 이만도 어르신은 의병들의 대장으로 활약하셨고, 우리 할아버지도 그분 아래에서 의병으로 활동하셨소. 그러니까 일본이 우리나라를 빼앗으려고 한 것이 10년도 넘었다는 말이 되오. 그 오랜 기간 동안 우리나라는 안으로 곪고 밖으로 터져서 마침내 일본의 식민지가 되고 만 것이오.

　　이런 상황에서 일본군을 무찌르는 이순신 장군의 이야기를 읽으며 나는 가슴이 뛰었소. 아마도 그때 선생님들은 우리들에게 민족의식을 고취시키기 위해 일본이 금지하는 책들을 몰래 가져오셨던 모양이외다.

　　『이충무전』을 보면서 나는 과거 할아버지에게서 들었던 이야기가 생각났소.

　　할아버지는 나라를 빼앗기던 해, 선성의진의 의병장이던 향산 이만도 어르신이 스스로 분노하여 단식하실 때 찾아온 일본 순사들을 추상같이 꾸짖어 쫓아냈던 이야기를 해주셨소. 그뿐 아니라 향산 어르신이 24일간 아무것도 먹지 않고 임종하실 무렵 지은 시도 나에게 들려주셨소.

　　胸中薰血盡 흉중훈혈진

가슴 속의 비릿한 피 다하니

此心更虛明 차심갱허명
이 마음 다시 텅 비어 밝아지네

明日生羽翰 명일생우한
내일이면 양어깨에 날개가 돋아

逍遙上玉京 소요상옥경
옥경에 올라가 소요하리라

 향산 어르신은 나라를 구하기 위해 죽음을 두려워하지 않던 이순신 장군과 흡사한 분이었소. 나는 종종 할아버지가 가르쳐 준 향산 어르신의 시를 되뇌었는데, 그럴 때마다 무한한 존경심이 들었소.
 향산 어르신의 후손들은 모두 독립운동에 뛰어들었소. 아들은 파리 장서운동을 하다가 죽었고, 며느리는 3·1운동에 참가하여 모진 고문 끝에 맹인이 되었으며, 손자들은 일본군을 피해 다니며 독립운동을 한다고 들었소.
 나는 내앞[川前: 지명]에 살던 의성 김씨 김대락과 임청각의 종손인 이상룡이 가산을 정리하고 일가를 데리고 만주로 떠났다는 사실을 알게 되었소. 이에 동조하는 청송과 안동, 예안의 작은 마을 사람들도 독립운동을 위해 일가를 거느리고 만주로 떠났다고 들었소.

『이충무전』을 보면서 내 마음속에 알 수 없는 공분이 느껴졌소. 우리 땅을 강제로 빼앗은 일본에 대한 분노도 느껴졌소. 내가 일콘에 대한 저항정신이 생긴 것은 이 무렵이었던 것 같소.

내가 훌륭한 선생님들의 교육을 받은 것은 몇 해 되지 않지만 짧은 시간에도 큰 가르침을 얻은 것은 분명하오. 졸업할 즈렵 보문의숙은 도산공립보통학교로 이름이 바뀌었소. 선생들이 제복을 입고 칼을 차서 당황했던 기억이 있소.

도산공립보통학교에는 나리타 다케지로(成田竹次郞)라는 일본인 교장이 있었는데 신설되는 공립보통학교에는 반드시 일본인 교장이 있어야 한다는 규칙 때문이었소.

학교에서는 으신(도덕), 국어(일본어), 한문, 산술(수학), 이과(과학), 창가(음악), 체조, 도화(미술), 수예, 산업의 열 가지 과목을 가르쳤소. 선생님들은 일본어를 국어로 부르라고 했소. 조선말이 아닌 일본어를 국어로 배울 때에 나는 비로소 나라를 빼앗겼다는 것을 실감할 수 있었소.

나는 이 무렵 세상 돌아가는 일을 더 많이 알게 된 것 같소. 일본이 우리나라를 강탈한 후에 서울에 총독부를 설치하고 지방에는 주재소를 세워서 신고하지 않은 토지와 산을 마구 빼앗았으며, 칼을 차고 제복을 입은 순사들이 잡아가거나 마구 때리는 사람들이 독립운동가임을 알게 되었소. 내가 그 일에 관해 물어보면 할아버지는 한숨만 내쉬며 곰방대에 담배를 재워 피울 따름이었소.

할아버지는 내가 열세 살 무렵에 돌아가셨는데 그 후에 우리 집이 무척 가난해졌다고 들었소. 나는 그 이유를 잘 알고 있소.

늦은 밤, 우리 집으로 어떤 사람이 찾아오면 할아버지가 장롱 속에 숨겨 둔 봉투를 건네주었소. 어린 나의 지각에도 이것이 만주에 있는 독립군들에게 군자금을 전하는 것임을 짐작할 수 있었던 것이오.

내가 보통학교를 다닐 때, 글짓기 대회의 기억이 떠오르오. 교장은 귀한 연필과 공책을 상품으로 걸고 전교생이 글짓기를 하게 하였소.

아이들은 저마다 자기 생각을 담아 글을 지었소. 나 역시 글짓기에 참가하여 글 한 편을 지었는데, 지금도 생각나는 문장이 있소.

산골 물은 졸졸졸 숨죽여 울고
시냇물은 찰찰찰 흐느껴 울고

여울물은 콸콸콸 목 놓아 운다.

나리타 교장은 내 글을 유심히 보면서 관찰력이 아주 훌륭하다고 칭찬하더니, 일본어로는 쓸 수 없겠냐고 물었소.

나는 일본어로는 표현이 어렵다고 말했소. '졸졸졸'은 일본어로 '조로조로(ちょろちょろ)'가 되고, '찰찰찰'은 '도쿠도쿠(どくどく)'가, '콸콸콸'은 '가바가바(がばがば)'가 되어서 고유의 맛이 떨어진다고 했소. '흐느껴 운다(すすり泣く)'와 '목 놓아 운다(声を限りに泣く, 목청껏 운다)'도 일본어로 옮기면 조선말 본래의 의미와 어감과는 달라지기 때문에 어렵다고 한 것이오.

"과연 그렇구나."

나리타 교장은 문학에 대한 약간의 이해력이 있어서 순순히 수긍했지만 사실 내 의도는 다른 데 있었소.

물소리는 우리 민족이 우는 소리요. 우리나라를 일본에게 빼앗겨서 삼천리강산의 백성들이 슬피 울고 있다는 것을 빗댄 것이오. 숨죽이고, 흐느끼고, 목 놓아 우는 것은 나라를 빼앗긴 조선 백성들의 슬픈 울음이오.

내 의중도 모르고 글을 칭찬하는 나리타 교장의 모습을 보면서 통쾌한 마음이 들었소. 나는 글로써 그를 조롱

했던 것이오. 어쩌면 내가 훗날 글을 쓰게 된 것은 그때의 통쾌했던 기억 때문인지도 모르겠소.

해조사(海潮詞)

뿌우우우―

기차가 기적 소리를 내며 울고 있소. 곧 기차가 출발할 모양이오. 나를 태운 기차는 북경을 향해 달려갈 것이오.

어릴 적, 나는 무거운 쇠로 만든 기계가 움직이는 것이 놀라웠소. 수많은 짐과 사람을 싣고 지치지도 않고 쉼 없이 움직이는 기차의 힘이 증기에서 나온다는 것이 더욱 놀라웠소. 돌을 데워 생기는 증기의 힘이 무거운 기차를 움직인다니, 서양의 과학기술은 실로 흥미롭고 놀라운 것이었소.

조선이 앞으로 나아가지 아니하고 과거에 머물러 있는 동안, 미개했던 일본은 서구의 과학 문물을 받아들여 강대국이 되었던 것이오. 나는 조선이 망한 이유를 기차에서 발견하였소.

나는 일본이 궁금해졌소. 옛말에 남을 알고 자신을 알면 백전백승이라는 말이 있지 않소.

그 무렵, 나는 백학학원에서 교원으로 근무하고 있었소. 당시 나의 재정 상황으로 유학 생활은 불가능한 일이었소. 다행히도 약을 파는 김관재와 삼강병원장 김현경, 강신묵 등의 재정 지원을 받아 일본으로 갈 수 있었소.

내가 처음으로 기차를 탄 것은 바로 그때였소. 스물한 살 무렵이오.

일본 동경의 동경정칙(正則, 세이소쿠)영어학교에서 수학할 예정이었소. 나는 대구역에서 부산까지 가는 경부선 기차를 탔고, 부산항에서 여객선을 타고 현해탄을 건너게 되었소.

제비가 날아드는 따스한 봄날이었소.

남쪽에서 불어오는 따스한 바람을 맞으며 망망한 바다 위에서 일본을 향해 가는 내 마음은 한껏 부풀어 올랐소. 서구의 문물을 받아들인 일본의 수도 동경의 모습이 궁금했소. 하지만 동경의 상황은 내가 상상한 것과는 달랐소.

지난해(1923년) 9월, 동경을 포함한 관동[10] 일대에서 일어난 관동대지진은 수도의 모습을 바꾸어 놓았던 것이오. 대

---

10. 일본 혼슈의 동부 지역. 광대한 평야가 있어 농업 생산력이 높아 인구 밀도도 높고 일본에서 가장 중요한 지역이다. 그러나 지진이 자주 발생한다.

지진이 발생하면서 목재로 지은 집에 불이 번져서 동경은 전쟁이라도 치른 듯 초토화되었고 곳곳에서 공사가 한창이었소.

동경은 어수선하고 뭔가 불안했소. 동경에서 무엇보다 나를 불안하게 한 것은 일본인의 조선인에 대한 적개심이었소. 대지진으로 민심이 극도로 흉흉해지자 일본인들은 유언비어를 퍼뜨려 우리 동포 수천 명을 학살하였던 것이오.

그들은 조선인들이 폭동을 일으켰다거나 우물에 독을 풀었다거나 방화를 했다거나 습격해 온다는 유언비어를 퍼트렸고, 죄 없는 조선인들에게 분노의 화살을 돌렸던 것이오. 학살을 목격한 사람들은 말로 표현할 수 없이 잔학한 학살이었다고 말했소.

일본인으로 구성된 자경단은 날카로운 왜도와 죽창으로 눈에 띄는 조선인들은 모조리 살해했다고 하오. 일본어를 못한다고 베어 죽이고, 발음이 되지 않는다는 이유로 찔러 죽이고, 조선 옷을 입었다는 이유로 때려죽였다는 것이오. 죄 없이 맞아 죽은 사람들의 수를 셀 수 없을 정도였다고 했소. 그들은 어린아이, 임산부 할 것 없이 조선인이라면 모조리 죽였그 언덕처럼 쌓인 시신에서 흘러내린 피가 시내를 이룰 정도였다고 했소.

지진이 일어났던 동경과 관동 일대는 조선인들이 죄 없이 죽어도 죄를 물을 수도 없는 무법천지가 되었다고 했소. 조선인들은 살기 위해 일본을 떠나야 했소. 떠날 수 없는 이들은 그 후로도 오랫동안 숨을 죽여 살아야 했고, 어두컴컴한 밤에는 나갈 수조차 없었다고 했소.

엎친 데 덮친 격으로 올해(1924년) 정월, 김지섭이 일본 궁성을 향해 폭탄을 던졌소. 니주바시(二重橋) 부근에서 궁성 남문인 사쿠라다몬(櫻田門)을 향해 폭탄을 던진 사건은 미수로 끝났지만, 이 사건으로 조선인을 보는 일본인의 눈이 범죄자를 보듯 냉담해진 것은 말할 것도 없었소. 사람들의 이야기를 듣고 나자 일본인이 나를 보는 차가운 시선을 조금은 이해할 수 있었소.

어쨌든, 나는 금성(錦城, 긴조)고등예비학교에서 학업을 시작하게 되었소. 본래 영어학자인 사이토 히데사부로(斎藤秀三郎)가 설립한 동경정칙영어학교로 갈 생각이었는데, 작년 관동대지진이 일어나 화재로 전소되는 바람에 금성고등예비학교로 방향을 바꾼 것이오.

금성고등예비학교의 본산인 금성중학교는 메이지 13년(1880년) 야노 후미오(矢野文雄)가 설립한 사립학교였소. 야노 후미오는 당시 유명한 정치소설인 『경국미담(經國美談)』과 『떠다니는 성 이야기(浮城物語)』의 저자로 동경에서는 유명한 인물이었소.

금성고등예비학교는 금성중학교에 병설된 상업학교였소. 이 무렵, 동경에서는 많은 유명인들이 학교를 만들어 신입생들을 유치했는데 상업 실무의 최일선에서 활약할 인재를 키우기 위해서였소. 나는 학교와 가까운 하숙집을 잡아서 생활하였소.

금성고등예비학교의 공부는 어렵지 않았지만 조선인을 바라보는 시선들이 나를 힘들게 하였소. 일본인들에게 조선인들은 혐오의 대상이었소. 길을 가다가 어두운 골목길에서 나를 노려보는 일본인들의 시선을 느낄 때면 모골이 송연할 때가 많았소.

난세에 인간은 잔학해지기 마련이오. 지금은 강대국이 약소국을 지배하여 식민지로 삼는 야만의 시대외다. 무지한 일본인들 중에는 조선인보다 독하고 모진 자들이 많았소. 그들은 장검으로 사람을 죽이는 것을 파리 죽이듯 여겼소. 가난하고 약한 조선인들이 시비 끝에 일본인들에게 죽임을 당하는 일이 비일비재했지만 일본경찰들은 일방적으로 일본인 편을 들었기 때문에 어디에 하소연할 데도 없었소.

일본은 조선을 식민지로 삼고 '만한일체론(滿韓一體論)[11]'이나 '오족협화론(五族協和論)[12]' 등을 설파하며 민족 간의 화합이나 협력을 강조했지만, 실제로는 거주구역을 완전히 분리하고 시장이나 학교 등을 일본인용과 조선인용으로 분리해 운영했소. 게다가 조선인에게만 각종 시설 운영비를 두세 배로 받았소. 그 때문에 나 역시 학비를 일본인의 두 배로 내야만 했소.

나는 일본에서 오래 머물 수 없었소. 학교에 들어가는 비용과 하숙비를 감당할 수 없을 지경이었고, 살해당할 위험이 가득했기 때문이오. 결국 나는 학업을 포기하고 다시 조선으로 되돌아와야만 했소.

내가 일본에 머문 기간은 8개월에 불과하오. 그곳에서 내가 느낀 것은 신문물의 놀라움이 아니라 식민지 국민의 서러움이었소.

일본인들에게 조선인은 개만도 못한 족속들이었소. 죽임을 당해도 아무렇지 않은 보잘것없는 존재일 뿐이었소.

일본이 강대국이라고 해서 일본인들이 모두 교양 있는

---

11. 만주와 조선을 하나로 취급하여 러시아의 남하에 대항하자는 이론.
12. 일본·만주·조선·몽골·한족 등 다섯 개 민족이 일본을 중심으로 뭉쳐야 한다는 이론.

지식인들은 아니오. 대부분의 일본인들은 교육을 받지 못한 무식한 사람들이라 생각 또한 야만스럽기 그지없었소. 그들에 비하면 조선 사람들은 훨씬 더 착하고 인정 많은 민족이오.

희망을 품고 건너갔던 일본에서 나는 식민지 국민의 설움을 온몸으로 느끼며 절망감을 안고 조선으로 돌아올 수밖에 없었소.

고단한 몸으로 여객선 선실에 누워 있던 나는 문득 누군가 부르는 느낌이 들었소. 자리에서 일어나 객실 문을 열고 천천히 걸어 나가니 습한 바닷바람이 내 얼굴을 스쳐 지나가고 짭짤한 바다 내음이 콧속으로 밀려들어 왔소.

구름이 몇 조각 떠 있는 밤하늘에 둥근 달이 고요히 떠 있었고, 여객선의 굴뚝에서는 희뿌연 연기가 안개처럼 흩어지고 있었소.

쏴아아── 쏴아아─

나를 부르는 것은 쉼 없이 물결치는 파도 소리였소. 나는 무엇에 홀린 듯이 난간에 기대어 어두운 밤바다를 멍하니 바라보았소.

늦은 밤, 광야처럼 드넓은 고요의 바다 위에 차디찬 달빛이 반사될 때 일렁이는 물결이 수만 개의 빛 방울이 되어 서러운 눈물처럼 반짝이더이다. 나는 굴원(屈原)[13]의 넋이라도 씐 사람처럼 멍하니 바다를 응시할 수밖에 없었소. 말로는 표현할 수 없이 아련했던 그날의 느낌은 훗날 「해조사」라는 시가 되었소.

해조사(海潮詞)

동방(洞房)을 찾아드는 신부(新婦)의 발자취같이
조심스리 걸어오는 고이한 소리!
해조(海潮)의 소리는 네모진 내 들창을 열다
이 밤에 나를 부르는 이 없으련만?

남생이 등같이 외로운 이 서—ㅁ 밤을
싸고 오는 소리! 고이한 침략자여!
내 보고(寶庫)를, 문을 흔드는 건 그 누군고?
영주(領主)인 나의 한 마디 허락도 없이

---

13. 중국 전국 시대의 시인. 초나라의 회왕, 경양왕 때 벼슬을 하다 참소를 당하여 방랑한 뒤, 멱라수(汨羅水)에 빠져 죽었다고 전한다. 작품은 대개 울분의 정이 넘쳐 고대 문학 중 보기 드문 서정성을 내포했다. 작품으로는 「이소경(離騷經)」이 유명하다.

코카서스 평원을 달리는 말굽 소리보다
한층 요란한 소리! 고이한 약탈자여!
내 정열밖에 너들에 뺏길 게 무엇이료
가난한 귀향살이 손님은 파리하다.

올 때는 왜 그리 호기롭게 몰려와서
너들의 숨결이 밀수자같이 헐데느냐
오— 그것은 나에게 호소하는 말 못 할 울분인가?
내 고성(古城)엔 밤이 무겁게 깊어 가는데.

쇠줄에 끌려 걷는 수인(囚人)들의 무거운 발소리!
옛날의 기억을 아롱지게 수(繡)놓는 고이한 소리!
해방을 약속하던 그날 밤의 음모를
먼동이 트기 전 또다시 속삭여 보렴인가?

검은 베일을 쓰고 오는 젊은 여승들의 브르짖음
고이한 소리! 발밑을 지나며 흑흑 느끼는 건
어느 사원을 탈주해 온 어여쁜 청춘의 반역인고?
시들었던 내 항분(亢奮)도 해조처럼 부풀어 오르는 이 밤에

이 밤에 날 부를 이 없거늘! 고이한 소리!
광야를 울리는 불 맞은 사자(獅子)의 신음인가?

오— 소리는 장엄한 네 생애의 마지막 포효!
내 고도(孤島)의 매태 낀 성곽을 깨트려 다오!

산실(産室)을 새어 나는 분만의 큰 괴로움!
한밤에 찾아올 귀여운 손님을 맞이하자
소리! 고이한 소리! 지축(地軸)이 메지게 달려와
고요한 섬 밤을 지새게 하는고녀.

거인의 탄생을 축복하는 노래의 합주!
하늘에 사무치는 거룩한 기쁨의 소리!
해조는 가을을 불러 내 가슴을 어루만지며
잠드는 넋을 부르다. 오— 해조! 해조의 소리!

첫 번째 구속

시퍼런 손목 위로 차가운 수갑이 반짝거리오. 쇠의 차가운 느낌이 살 속으로 파고들어 뼛속까지 시려 오는구려.

내가 수갑을 찬 것은 어제오늘의 일이 아니건만 수갑을 찰 때마다 중죄를 지은 사람처럼 움츠러드는 것은 울울한 기분 때문인 것 같소.

가만히 생각해 보니 내가 최초로 구속되었을 때가 스물네 살 무렵이오. 1927년 10월 18일, 장진홍 의사가 주도한 조선은행 대구지점 폭파사건의 취조 과정에서 비밀결사 암살단을 결성한 혐의를 받아 구속된 것이오.

장진홍은 칠곡 사람으로 대한제국 조선보병대에서 복무하였고, 제대 후 동향 선배인 이내성의 소개로 비밀결사인 광복단에 가입하여 독립운동에 뛰어들었소. 그는 장돌뱅이처럼 손풍금을 들고 약을 팔러 다녔는데 부호들의 집을 염탐하기 위해서였소.

장진홍에게 폭탄 제조법을 가르쳐 준 이는 일본인 호리키리 시게사부로(堀切茂三郞)요. 장진홍과 그는 경산에서 만났다고 하오.

호리키리 시계사부로는 국제공산당 특파원으로 만주에서 폭탄과 다이너마이트를 가져와 장진홍에게 폭탄 제조법을 가르쳐 주고 거사하길 청했소. 장진홍은 경북도청과 경북 경찰부, 조선은행과 식산은행의 대구지점까지 네 곳을 폭탄 투척 대상으로 삼았소.

장진홍은 도화선에 불을 붙이면 20~30분 뒤 폭발하는 폭탄을 나무상자에 담아서 여관 종업원을 시켜 네 곳에 전달하려 하였소. 여관 종업원은 시한폭탄을 꿀이 담긴 상자로 알았으니 말하자면 아무것도 모르고 연루된 애꿎은 피해자외다. 불행한 여관 종업원의 이름은 박노선이오. 박노선은 장진홍의 말만 믿고 시한폭탄을 조선은행으로 가져갔는데 이곳에서 일이 꼬였던 것이오.

조선은행의 요시무라 기요시(吉村潔) 주임은 포병 중위 출신이었소, 그는 꿀 상자에서 화약 냄새가 나는 것에 의심을 품고 탐색하여 폭탄이라는 사실을 알아내었소. 요시무라는 폭발까지 시간이 얼마 남지 않았다는 것을 직감하고 박노선에게 배달하지 않은 상자 세 개를 빼앗아 은행 앞 도로에 던졌고, 잠시 후 폭탄이 폭발하면서 큰 소동이 일어났던 것이오.

폭발의 여파로 은행 급사와 경관 네 명이 중상을 입었

고, 은행 유리창 70여 장이 파괴되었으며 탄환 파편이 대구여관 앞마당까지 비처럼 쏟아졌다고 하오.

경관들이 박노선을 취조하여 범인을 알아내었으나 장진홍은 이미 도망가고 없었고, 회춘당약방에서 폭약재 다수를 찾았을 뿐이었소. 문제는 여기서부터 시작되었소.

경찰의 취조 과정에서 나와 형, 아우 원일, 원조가 비밀결사를 하고 혁명운동을 했다는 이야기가 나와서 우리 네 형제가 피검되어 구속되었던 것이오.

나를 처음으로 구속하고 고문하던 자의 이름은 야마모토 쇼스케(山本祥資)요. 그는 봉화 소천 사람으로 본래 이름은 최석현이오. 그는 다른 형사과 경사들처럼 조선을 버리고 일본을 택한 일본의 앞잡이였소.

야마므토 쇼스케는 전기고문에 능한 자였소. 그는 의자에 묶인 자가 전기에 감전되어 비명을 지르는 장면을 즐기는 자요. 스스로 천둥의 신이라도 되는 것처럼 우릴 괴롭혔소. 자신을 '라이진(雷神, 천둥의 신)'이라 불렀지만 그를 미워하는 사람들은 '아쿠진(惡神, 악신)'이라고 불렀소. 그는 여자에게 성고문까지 일삼는 악귀 같은 자였소. 한번 물면 놓치지 않는 집요하고 잔학한 자였소. '독립투사의 흡혈귀'라 불리던 독종이었소.

나는 사건의 주모자 혐의를 받았소. 그들은 나를 비밀

결사 암살단을 조직하여 요인을 암살하고 시설을 파괴하는 우두머리로 몰아붙였소. 내가 이정기와 친분이 깊다는 이유 때문이었소.

일본에서 귀국한 후, 나는 대구의 조양회관에서 애국지사들과 함께 신문화 강좌를 열었소. 그때 알게 된 사람이 이정기외다.

이정기는 성주 사람으로 1919년 3월 중동중학교 재학 중 파리 장서운동(독립청원 운동)에 참여한 의로운 인물이오. 그는 북경에서 군자금 모집을 위해 출판사를 설립하였는데 그의 숙부가 중국 군벌 장작림(張作霖, 장쭤린)의 고문이라는 말이 있었소. 중국은 관시(關係)문화가 있소. '관시'는 서로 신뢰하며 지속적으로 도움을 주고받는 관계를 의미하오. 든든한 뒷배경이 있으니 독립운동에도 유리했소.

이정기는 이를 바탕으로 국민당과 대한독립당, 의열단과도 교분이 두터웠는데 나 역시 이 덕에 의열단에 가입하게 되었소. 나는 북경에서 7개월을 머물며 그들과 교류하였소.

이정기는 독립운동 자금을 모집하는 데 파괴와 암살 같은 모험적인 방법이 효과적이라고 판단하고, 대구에서 비밀결사 암살단을 결성하여 군자금 모집 활동을 전개하기로 했소. 그에 따라 장진홍이 거사를 벌였던 것이오.

이 사건에 연루된 나는 대구경찰서에 구속된 후 야마모토의 잔혹한 고문을 당했소. 그는 작년에 내가 중국에 7개월 머문 것을 끄투리 잡으며 폭파사건의 주모자로 둔갑시키려고 했지만, 나는 중국대학 상과에 입학하여 재학했다는 사실을 들어 칼끝을 피하였소. 결국 나는 이정기와 함께 비밀결사 암살단을 조직했다는 혐의로 옥고를 치러야 했소.

그 사건으로 나는 3년 형을 받았지만 감옥에 머문 기간은 1년 7개월이었소. 장진홍 의사가 피검되어 자결하면서 증거 불충분으로 석방된 것이오. 폭파사건 이후에 도망친 장진홍은 국내를 전전하다가 경찰의 수사망이 점점 조여 오자 일본으로 피신하여 오사카의 아우 집에 은신해 있었다고 하오.

장진홍을 체포한 자는 놀랍게도 야마모토 쇼스케였소. 그는 장진홍을 잡기 위해서 일본으로 건너갔고, 일본 현지 사찰에서 흉한을 빨리 잡게 해 달라는 체포 기원까지 올렸다고 하오. 그 집요함과 열정에 소름이 끼치오. 장진홍은 최종심에서 사형이 확정된 뒤 대구형무소에서 자결하였소.

나는 감옥에서 풀려난 후 불령선인이라는 꼬리표가 붙게 되었소. 내 몸에 주홍 글씨가 붙은 것이외다. 그 이후로 나는 일경의 요주의 인물이 되어 감시를 받게 되었소.

야마모토 쇼스케는 장진홍 사건을 해결한 공로로 경부가 되었소. 당시로서는 보기 드문 고속 승진이었소. 그도 그럴 것이 범인을 잡는다며 영남 지역의 독립운동가들을 대거 잡아들여 고문했고, 수년간의 수사와 끈질긴 추격 끝에 장진홍을 체포했기 때문이오.

독립지사인 김창숙을 불구로 만든 것도 야마모토 쇼스케였소. 그는 동포의 피로 출세하고 명예를 얻었소. 출세를 위해 양심을 파는 인간들이, 일본인보다 더 일본을 위해 충성하는 앞잡이들이 잘 사는 세상이 원망스럽소.

천망회회 소이불루(天網恢恢 疎而不漏)[14]라 하는데 최석현, 아니 야마모토 쇼스케는 오늘도 잘살고 있을 테지요?

---

14. 하늘의 그물은 크고 넓어서 성긴 듯하지만 결코 놓치는 법이 없다.

말[馬]

뿌우우—

북경으로 가기 위해서는 경의선을 따라 올라갈 것이외다.

기차는 철로를 따라 움직이오. 만주로, 부산으로, 목포로, 나진으로, 조선팔도에 발길이 닿는 곳에는 철로가 생겼고, 철마는 그 길을 따라 부지런히 움직였소.

일제는 우리 땅에서 나는 물자들을 대량으로 실어나르기 위해 조선의 곳곳에 철도를 놓았소. 그들은 조선의 산업 발전을 위해 철도를 놓았다지만, 그것은 빤히 보이는 유치한 핑계에 불과하오. 일제가 조선의 골수를 뽑아 먹기 위해 철도를 놓았다는 것은 조선의 지식인들이라면 다 아는 사실이외다.

그렇게 만들어진 철도를 통해 우리 땅에서 생산한 산물들이 일본으로 빠져나갔소. 전라도의 곡물, 함경도의 광물, 그 밖에도 무수히 많은 인적 물적 자원들이 우리 땅 구석구석에 거미줄처럼 깔린 철도를 통해 빠져나갔소.

철도 공사. 그것은 실로 거대한 토목공사였소.

토목공사에 투입된 사람들은 일본인이 아닌 조선인들이오. 일본은 터무니없이 싼 임금으로 조선인들의 노동력을 착취하였소. 그렇게 일본은 우리의 땅에 그들의 철도를 놓았소.

높은 산이 나타나면 뚫고, 넓은 강이 나타나면 다리를 놓았소. 노역에 동원된 조선인들은 일제의 채찍을 맞아 가면서 소와 말처럼 일해야 했소.

아리랑 아리랑 아라리요
아리랑 고개를 넘어간다
나를 버리고 가시는 님은
십 리도 못 가서 발병 난다

아리랑은 철도를 건설하던 노동자들이 부르던 노래였소. 고된 노동에 지친 노동자들이 이 노래를 불렀다 하오. 슬프고도 아름다운 아리랑이 일제에 의해 불손한 노래가 된 것은 나운규의 영화「아리랑」때문이오.

1910년 8월 29일 일제에 의해 우리나라가 국권을 상실한 지 16년 후, 1926년 10월 1일 단성사에서「아리랑」이라는 영화가 개봉되었소. 영화의 내용은 이러했소.

서울에 유학 갔다가 실성하여 돌아온 영진이에게는 영희라는 예쁜 누이동생이 있었소. 영진의 친구 현구는 영진이를 보러 오가다가 영희와 사랑하는 사이가 되오. 그런데 영진이네 마을 악덕 지주의 청지기 오기호는 영희를 마음에 두고 있었소.

마을잔치가 벌어지던 날, 사람들이 동리 마당에 모인 때를 이용하여 오기호는 영진네 집에 침입하여 영희를 겁탈하려 하오. 그때 영희를 사랑하는 현구가 나타나 오기호와 처절한 싸움을 하게 되오. 미친 듯이 싸우는 두 사람, 쓰러진 누이 영희, 그리고 이런 사정을 알 길 없이 흥겹게 울리는 농악. 바로 그 순간, 정신이 번쩍 든 영진이는 낫을 들어 오기호에게 휘두르오.

시뻘건 피를 흘리며 죽어 가는 오기호를 바라보며 영진은 마침내 정신이 돌아오게 되오. 하지만 이미 살인범이 된 영진이는 쇠고랑을 찬 채 일본 순사에게 끌려 아리랑 고개를 넘어가며 영화는 끝을 맺게 되오.

개봉일 새벽, 조선총독부는 전단지에 불온한 가사가 있다고 문제 삼아 1만 매나 되는 전단지를 모조리 압수하며 영화를 탄압했지만 일본의 뜻대로는 되지 않았소. 「아리랑」은 상영이 시작되자마자 전국 영화관으로 들불처럼 번져 나가 대흥행을 하고 말았소.

나운규가 만든 이 작품은 일제 치하의 조선 민중들의 비참한 상황을 대변하고 있었소. 미쳐 버린 영진은 나라를 빼앗겨 울분이 가득한 지식인을 상징하오. 마을의 악덕 지주는 우리 민족의 재산을 수탈해 가는 일제를 상징하며, 청지기 오기호는 조선 사람이지만 우리 민족을 탄압하는 악덕 친일파들을 뜻하오.

조선 민중들은 일본인보다 오기호 같은 악덕 친일파들을 더 미워하였소. 그들은 일본인보다 더 잔인하고 간악하게 민중들의 골수를 빨았기 때문이오.

영진이가 오기호를 죽였을 때, 가슴속에 가득히 쌓인 분노가 시원하게 풀리는 것 같았소. 마치 나라 잃은 겨레의 울분을 푸는 것 같더이다. 나라를 팔아먹은 친일파에 대한 민족의 분노 말이오. 이를테면 대리만족일 것이오.

나는 영화를 보면서 야마모토 쇼스케 형사가 떠올랐소. 영화를 보는 내내 마음속에서 그를 몇 번이나 죽였는지 모르오.

영진이가 끌려가는 마지막 장면에서 아리랑 노래가 흘러나올 때면 우리 민족의 처지가 떠올랐소. 나라가 없어서 보호받을 수도 없고 억울한 사정을 어디에 하소연할 길이 없는 슬프고도 서러운 식민지 백성의 처지에 이입되어 나도 모르게 울면서 노래를 불렀소.

아리랑 아리랑 아라리요
아리랑 고개를 넘어간다

아리랑. 그것은 일제에 시달리던 고달픈 민중들의 애환이 담긴 노래였소. 나는 곳곳에서 일제에 수탈당하는 백성들을 보아 왔소. 우리 땅뿐만 아니라 일본 땅에서도, 간주에서도 우리 백성들은 참혹하게 노동력을 빼앗기고 있었소. 식민지 백성이 된 우리의 처지는 노예와 다를 바 없었소. 나 역시 그 가운데 한 사람이외다.

나는 문화의 힘이 민중의 의식을 깨울 수 있다는 것을 영화를 통해 알게 되었소. 그래서 나는 내가 할 방법을 찾았소. 글을 쓰는 것이오. 글을 써서 민중의 의식을 깨우치는 것이오. 그해, 나는 '이활(李活)'이라는 필명으로 『조선일보』에 「말」이라는 시를 발표하였소.

말[馬]

흐트러진 갈기
후줄근한 눈
밤송이 같은 털

오! 먼 길에 지친 말
채찍에 지친 말이여!

수굿한 목통
축 처-진 꼬리
서리에 번쩍이는 네 굽
오! 구름을 헤치는 말
새해에 소리칠 흰 말이여!

「말」은 내가 처음으로 쓴 시요. 그동안 나는 기사나 평론, 수필 같은 산문을 주로 썼지만 갑자기 시를 써 보고 싶었소.

내 시에서 말은 일제에 수탈당하는 우리 민족이외다. 일제는 채찍과 재갈로 우리를 옥죄고 있소. 우리말을 금지하고 일본 말로 우리의 정신까지 바꾸려고 하고 있소. 하지만 쉽지 않을 것이외다. 반만년 이어 내려온 우리 문화의 힘이 그들보다 더 뛰어남을 잘 알고 있기 때문이오.

나는 언젠가 우리의 찬란한 문화가 일본을 뒤덮을 날이 있으리라 생각하오. 먼 과거에 그랬던 것처럼 일본이 우리 문화를 숭상하고 배우려 하는 날이 올 것이라 믿소.

그때가 되면 우리가 힘써 가르치지 않아도 그들이 우리의 말과 글을 배우고 우리의 먹거리를 먹고 우리의 문화를 습득하게 될 것이오.

그래서 나는 오늘도 백마를 기다리오. 평화롭고 독립된 세상에서 기운차게 광야를 뛰어다닐 백마를 오늘도 손꼽아 기다리오.

영객생(永客生)

내 시에는 백마(白馬)가 자주 등장하오. 「말」이라는 시에서도, 「광야」라는 시에서도 백마가 나타나오. 백마는 희망을 의미하오.

내가 백마를 동경하는 것은 한 사람 때문이오. 그 사람의 이름은 허형식이외다.

허형식은 구한말 의병장 출신으로 서대문형무소에서 순국하신 왕산 허위 어르신의 종조카가 되오. 나의 어머니와는 사촌남매 사이니 나에게는 오촌 당숙이 되오. 왕산 허위 일가가 만주에서 활동하게 된 것은 한말 왕산 어르신의 의병활동에 기인하오.

구한말 13도 창의군 총대장으로 이름을 날린 왕산 허위 어르신이 서대문형무소에서 순국하신 후 허씨 일가는 일제의 미움을 받았고, 어르신이 살던 임은마을 사람들은 일경의 삼엄한 감시를 받게 되었소. 결국 나라가 망하자 허씨 일가는 임은마을을 떠나 망명의 길을 택했소.

1915년 음력 3월, 허씨 일가는 압록강을 넘어 서간도에 첫발을 디뎠다고 하오. 정착할 곳을 찾던 이들은 길림성 유하현 고산자진 대두자촌에 자리를 잡았소. 황폐한 땅을 일구어 논밭을 만들며 힘겹게 자리를 잡았지만 열심히 개간한 땅은 만주 원주민이나 한인에게 빼앗겼고, 소작인으로 살아야 했소.

지주들은 자신이 부담해야 할 토지세나 촌락세 따위를 소작인에게 부담시켰다고 하오. 악질적인 지주들은 심지어 제방수로 건축비나 관개수로 토지 사용료까지 소작인들에게 전가했다고 하니, 먼 이국땅에서 사는 것이 얼마나 어려웠겠소.

만주인들의 핍박은 이것만이 아니었소. 그들은 조선인이 한복을 못 입도록 하고, 학교를 폐쇄하고, 경작지를 몰수하고, 세금을 내지 않으면 체포하면서 압박했소. 하지만 망명자들은 조선의 독립을 위해 모든 것을 감내하며 이국에서 열심히 살아 나갔소.

1920년 일어난 청산리전투와 봉오동전투에서 대패한 일본군은 서간도로 넘어온 조선인들이 독립운동을 원조하는 것을 알고 조선인들을 무자비하게 학살하기 시작했소. 경신참변으로 서간도 일대의 조선인들이 수없이 살해당했소.

엎친 데 덮친 격으로 1925년 조선총독부 경무국장 미쓰야와 만주 봉천성 경무국장 우진(于珍, 위전)은 '미쓰야 협정'을 체결하여 조선인에 대한 단속을 강화했소.

미쓰야 협정으로 서간도 일대는 더 이상 조선인이 숨쉬기 힘든 땅이 되어 갔소. 서간도에 자리 잡았던 이들은 서간도를 탈출해 만주 깊숙이 들어갔고, 뿔뿔이 흩어지게 되었소.

대두자촌에 자리를 잡았던 허씨 일가도 마찬가지였소. 허씨 일가는 흑룡강성으로 옮겨가서 자리를 잡았는데 나에게 외삼촌이 되는 일창 허발은 목단강에서 일창한약방을 개업하여 살고 있었소.

외삼촌에게는 아들 둘과 딸 하나가 있었소. 큰아들 허채와 둘째 아들 허현은 항일운동에 투신하고, 딸 허은은 서간도에서 독립운동을 하는 이상룡 어르신의 손자며느리가 되었소.

외삼촌은 일창한약방에서 벌어들인 돈을 국내로 송금하여 독립운동에 보태고 있었소. 국내로 돈을 운반하는 일이 내가 하는 일이었소. 이때 나는 『중외일보』 기자로 일하고 있었소. 기자 신분이었기에 일경의 검문을 무사통과할 수 있었고, 목단강으로 가 외삼촌이 마련한 독립자금을 운반할 수 있었소.

그 무렵, 나는 아들 동윤을 잃고 실의에 빠진 나날을

보내고 있었소. 대구에서 일어난 여러 사건(장진홍 의거, 대구 격문사건)들로 경찰서와 감옥을 오가던 나는 아들과 함께한 시간이 없었소. 어린 아들은 아버지의 얼굴도 익히지 못하고 저 세상으로 떠나 버렸던 것이오. 동윤이가 모진 아비를 얼마나 원망했을지 생각만 해도 가슴이 미어지오.

자식을 잃는다는 것은 세상을 잃는 것과 같소. 속설에 어버이는 땅에 묻고 자식은 가슴에 묻는다는데 때때로 가슴이 아프고 저민 것이 동윤이 때문인가 보오.

아들을 잃은 후, 모든 것이 슬프고 암울하게만 보였소. 옛날, 선성의진의 의병장이었던 향산 이만도 어르신이 나라를 빼앗겨 단식할 때 자식을 잃은 기분이라고 말씀하셨다는데 그 고통을 이제야 알 것 같았소. 하지만 마냥 슬픔에 머무를 수 없는 일이었소. 죽은 아이가 되살아날 수 없는 일이기에 나는 슬픔을 떨치고 내 일을 해야만 했소.

흑룡강성의 목단강에 있는 외삼촌 집으로 가는 길은 결코 쉬운 일이 아니오.

기차가 신의주에서 압록강을 건너면 안동(1965년에 단동(丹東)으로 개칭)에 도착하오. 안동에서 봉천까지 안봉선 철도가 놓여 어렵지 않게 갈 수 있소. 봉천은 과거 후금의 수도가 있던 곳으로 심양이라는 다른 이름이 있소. 봉천에서 기차를 갈아타고 장춘을 경유해 길림을 지나 돈화에 내리면 마차를 타고 목단강으로 가야 하오. 참으로 멀고 먼 길이외다. 다행한 것은 돈화까지 철도가 있다는 것이오.

1905년 러일전쟁에서 승리한 후, 일본은 길림과 함경북도 회령 사이를 잇는 철도 공사를 서둘렀소. 이것을 '길회선'이라고 하오. 일본은 더 나아가 철도를 함경북도 동해안까지 연결하려 했소. 만주를 침략하기 위한 최단 코스를 개척하고, 러시아의 블라디보스토크항과 동청철도를 무력화시키기 위해서였소. 돈화는 회령과 장춘의 한가운데 있소.

만주는 드넓은 벌판이어서 산이 많은 조선보다 철길을 내기 쉬웠을 것이오. 나는 기차 안에서 드넓은 만주벌판을 바라보았소. 메마른 잿빛 하늘 아래 흙먼지가 돌풍이 되어 날아오르고 있었소.

편안한 기차 객석에서 창밖을 바라보며 그 옛날 망명객들이 넓은 만주벌판을 힘겹게 걸어가던 모습을 떠올렸소. 가을바람에 흩날리는 낙엽처럼 갈 곳 없이 떠돌아다니는 이들은 영객생이외다.

나라를 빼앗겨 근본을 잃어버린 채 정처 없이 이국을 떠도는 나 역시 영객생이오. 나는 희망을 잃고 돌풍과 함께 떠도는 흙먼지와 다를 바 없다 생각하였소. 하지만 이런 나에게 희망을 준 이가 허형식이오.

내가 그를 만난 곳은 외삼촌의 일창한약방이었소. 외삼촌은 나를 반기며 가족들의 안부를 물은 후에 모아 두었던 군자금을 전해 주셨소. 당신이 약방에서 모으셨던 돈과 동포들이 십시일반 거둔 군자금이오.

"보답할 수 있는 길이 있을까요?"

내 말에 외삼촌이 종이 하나를 바닥에 펼치며 붓을 들어 보였소

"조카가 문장가라 하니 글 하나 써 주게."

나는 무슨 글을 쓸까 고심하다가 군자금이 든 봉투를 보고 문득 문장 하나가 생각났소. 그리하여 붓을 들어 종이 위에 일필휘지하였소.

행   선   부   수

외삼촌이 종이에 쓴 글을 유심히 보다가 내게 물었소.

"무슨 뜻인가?"

"수부선행(水浮船行), 즉 물이 배를 띄워 가게 한다는 뜻입니다. 외삼촌도 잘 아시겠지만 이 글은 『순자(荀子)』 왕

제(王制)」편에서 유래한 문구로 '군주가 배라면 백성은 물이다, 물은 배를 뜨게 하지만 그 물이 배를 뒤집기도 한다'는 뜻입니다. 물이란 백성을 말하고, 배는 나라를 말합니다. 외삼촌과 동포들이 십시일반으로 돈을 모아 주지 않았다면 독립은 요원하겠지요. 나라를 빼앗긴 지금 만주에서 독립운동에 헌신하는 외삼촌 같은 분들이야말로 커다란 배를 움직이는 진정한 물이라고 할 수 있습니다."

외삼촌은 고개를 저으며 말했소.

"내 말은 영객생을 말하는 것이네. 조카의 필명이 이활이라는 것은 알고 있네만 영객생은 처음 듣는 말인데 어디서 나온 말인가?"

"영객생은 만주로 오는 기차에서 생각난 단어입니다. 나라를 잃고 이국땅에서 외롭게 부유하는 제 처지가 긴 여행을 하는 객처럼 느껴져서 써 본 것입니다."

바로 그때였소.

"말은 이치에 맞지만 그렇게 생각하면 안 되지."

등 뒤에서 들려오는 소리에 고개를 돌렸을 때, 나는 영준하게 생긴 사내 하나를 발견할 수 있었소. 나이는 스무 살쯤 되었을까? 눈빛이 반짝이고 몸이 다부져 보이는 청년이 우두커니 서 있었소.

"아니, 아우가 여긴 어떻게 왔나?"

외삼촌이 반가운 얼굴로 그의 손을 잡고 나를 바라보았소.

"조카, 이 사람고는 초면이지?"

외삼촌은 그 사내를 나에게 소개해 주었소.

허형식. 그는 외삼촌의 사촌아우였소. 외삼촌에게 작은아버지가 되는 허필의 아들로 허씨 일가가 망명할 때 함께 만주로 왔다고 했소.

허형식의 가족은 요녕성을 거쳐 흑룡강성 하얼빈 인근의 빈현으로 옮겨갔는데, 허형식은 10대의 나이에 항일투쟁에 뛰어들어 동북항일연군 제3로군의 총참모장을 하고 있었소. 그는 올해(1930년) 노동절을 맞아 하얼빈의 일본 총영사관을 맨손으로 습격하는 데 앞장서서 큰 공을 세운 인물로 만주에 그의 이름이 널리 알려져 있었소. 약방 앞에는 수많은 군인들이 서 있었는데 허형식의 부하들 같았소.

"이제 보니 길이 누님의 아들이로군. 반갑소."

허형식 장군이 손을 내밀었소.

"촌수로 따지면 오촌 숙부가 되니 이제부터 아재라고 부르면 된다."

외삼촌이 나에게 말했소.

허형식 장군은 연배는 나보다 다섯 살 아래지만 촌수

로는 아재뻘이었소. 나와 반갑게 인사를 나누던 허형식 장군은 내가 쓴 글을 힐끗 보다가 말했소.

"우리가 영객생이나 나라를 되찾자는 꿈이 있지 않은가? 영객생이라는 말은 희망이 없어 보이니 적절하지 않은 것 같네. 그렇지 않나?"

하얀 이를 드러내며 웃고 있는 허형식 장군의 얼굴에서 광채가 일어나는 것 같았소. 적어도 내 눈에는 그랬소.

우리는 그 후로 이런저런 이야기를 허심탄회하게 나누었소.

허형식 장군은 무력만이 독립을 할 수 있는 유일한 길이라고 말했소. 상해에 있는 임시정부는 강대국의 힘을 빌 생각을 하는 유약한 정치인들로, 그들의 식견으로는 백년이 가도 독립은 요원한 일이라고 하였소. 그가 이곳에서 힘과 세력을 키우는 것은 훗날 일본과 전쟁을 벌이기 위한 초석이라고 하였소.

"내 힘으로 빼앗지 못하면 일본은 승복하지 않을 걸세. 그러니 우리는 반드시 싸워서 독립을 쟁취해야 하네."

내가 허형식 장군과 만난 시간은 얼마 되지 않지만 그때의 기억은 강렬하게 남아 있소. 나는 그에게서 광명을 발견한 것 같았소.

"자네의 임무가 막중하네. 우리, 희망을 가지고 독립을 위해 각자 힘써 보시."

그는 눈처럼 하얀 백마를 타고 부하들과 함께 떠나갔소. 하얀 갈기를 휘날리며 달려가는 백마를 타고 있던 허형식 장군은 범하지 못할 위엄이 있었소.

나는 그날의 기억을 잊지 못해 훗날 시 한 편을 쓰게 되었소. 그것이 「광야」요.

광야(曠野)

까마득한 날에
하늘이 처음 열리고
어데 닭 우는 소리 들렸으랴

모든 산맥들이
바다를 연모해 휘달릴 때도
차마 이곳을 범하던 못하였으리라

끊임없는 광음(光陰)을
부지런한 계절이 피어선 지고
큰 강물이 비로소 길을 열었다

지금 눈 나리고
매화 향기 홀로 아득하니
내 여기 가난한 노래의 씨를 뿌려라

다시 천고(千古)의 뒤에
백마 타고 오는 초인이 있어
이 광야에서 목 놓아 부르게 하리라

  오랫동안 허형식 장군의 소식을 듣지 못했소. 하지만 그는 오늘도 백마를 타고 만주벌판을 달리며 일본군과 싸우고 있을 것이오.
  나는 그렇게 믿고 있소.

조선혁명군사정치간부학교

 허형식 장군을 만난 내 심중에서 새로운 희망이 솟아올랐소. 짧은 순간이나마 약한 생각을 했던 내가 부끄러웠소. 옛 성현의 말씀에 생각보다 실천이 중요하다고 하였소. 백 마디 말보다 한 번의 실천이 세상을 바꿀 수 있다는 말이오. 나는 세상을 변화시키기 위해 행동하기로 마음을 먹었소.

 1932년 3월, 나는 다니고 있던 신문사를 퇴사하고 만주로 건너가 군인이 될 마음을 품었소. 처남 안병철과 함께 봉천의 서탑대가 삼정목에 있는 근화여관에서 지냈소. '근화(槿花)'는 무궁화를 뜻하는 말로, 근화여관은 주로 독립운동가들이 이용하는 여관이었소. 우리는 이곳에 머물면서 소식을 전해 허형식 장군의 휘하에 들어가려 했지만 뜻을 이루지 못했소.

 1931년 만주사변이 일어나 이듬해 만주국이 건립되면서 허형식 장군의 군대가 하얼빈 이북에서 항일투쟁을 하고 있었기 때문이오. 길림 지역은 일본군의 감시가 삼엄해서 갈 수 없었소.

나는 처남과 함께 봉천에서 체류하며 다른 방향을 모색했소. 지성이면 감천이라는 옛말처럼 막막하던 내 앞에 구세주가 나타났소. 봉천에서 우연히 윤세주를 만나게 된 것이오.

윤세주는 밀양 사람으로 『중외일보』 지국에서 활동해 오던 동료 기자였소. 그는 봉천에 머무는 이유를 물었고, 나는 솔직하게 대답해 주었소. 그는 감옥에 다녀온 나의 이력을 잘 알고 있었고 어느 정도 짐작하는 바가 있을 것이니 숨길 것도 없었소. 내 이야기가 끝나자 윤세주도 자신의 이력을 말해 주었소.

윤세주는 밀양의 3·1운동을 주도했으며 망명하여 신흥무관학교에서 군사훈련을 받은 적이 있다고 했소. 신흥무관학교를 나온 후 길림에서 김원봉, 황상규 등과 의열단을 조직하여 1920년 조선총독부와 관공서를 폭파하기 위해 국내로 폭탄을 들여오다가 체포되었다고 하오. 그때 징역 7년 형을 선고받고 출옥 후에 『중외일보』 기자로 일하게 되었다고 했소.

나는 조용히 일만 하는 줄 알았던 윤세주의 과거에 놀랐고, 그가 김원봉의 고향 아우이자 피를 나눈 형제보다 친한 동지라는 사실에 두 눈이 휘둥그레졌소.

김원봉은 김구 선생과 어깨를 나란히 하는 거물 중의 거물이오. 김원봉은 의열단 단장으로 일제 요인 암살과 식민통치 기관 파괴 활동을 이끌어 왔기 때문에 일본 헌병과 경찰의 주요 검거 대상이었소.

일제는 김원봉을 잡기 위해 어마어마한 현상금을 내걸었지만 워낙 은밀하게 다니는 까닭에 그의 행적을 아는 이는 없었소. 그런데 눈앞에 있는 윤서주가 김원봉을 잘 알고 있다니 놀랄 일이었소.

"이 형 원봉 형이 국민정부의 원조를 받아서 남경에 무장대원을 만드는 학교를 설립할 예정이오. 이 형이 괜찮다면 나와 함께 입대합시다."

나는 당장 대답할 수 없었소. 그 당시 나가 가입하고 싶은 곳은 한인애국단이었소. 한인애국단은 김구 선생이 만든 독립 저항군으로 이봉창과 윤봉길 의거로 이름이 널리 알려진 집단이오. 나는 천진으로 갔다 북경으로 가서 3주간 머물면서 한인애국단에 들어갈 방법을 모색했으나 인연이 닿지 않았소.

참으로 인연이란 어쩔 수 없는 것이외다. 어릴 적 『삼국지연의』를 읽으며 제갈공명이 조조를 만났으면 어떻게 되었을까 생각해 본 적이 있었소. 관우와 장비, 조자룡이 조조의 신하였다면 조조는 천하의 주인이 될 수 있었을까,

궁금했소. 하지만 제갈공명의 인연은 유비와 닿아 있었고 관우와 장비, 조자룡도 결국 유비의 신하가 될 수밖에 없었소. 생각하면 세상에 인연 아닌 것이 어디에 있겠소.

윤 의사의 의거로 김구 선생은 일경의 추격을 피해 숨어 버렸고, 그와 함께 한인애국단도 보이지 않는 곳으로 사라져 버렸소. 나는 김구 선생과 연락조차 할 수 없었소. 북경에 머무르며 방법을 찾던 나는 마침내 김구와 인연이 닿지 않음을 깨달았소. 나는 천진으로 돌아와 윤세주에게 입대 결의를 밝혔소.

9월 중순, 나는 윤세주, 안병철, 김시현과 남경으로 출발했소. 남경에 도착한 우리는 오주공원 근처의 중국인 별장으로 갔는데, 그곳에는 간부훈련반에 입대하려는 사람들이 14명 정도 와 있었소. 그곳에서 5일 정도 머무르고 있을 때, 김원봉이 18명의 군인을 데리고 와서 우리 일행은 남경 시외에 있는 선사묘(善祠廟)로 이동하게 되었소.

김원봉은 나보다 여섯 살 연상이었는데 내가 생각했던 것과 다른 사람이었소. 의열단장이라 우락부락하고 다혈질일 것이라 생각했는데 매끈하게 잘생겼고 과묵한 사람이었소. 그는 독서를 좋아한다고 했는데 그래서인지 나와 이야기가 잘 통했소.

김원봉은 중국 영내에서 독립운동 진영 통합 운동으로

결성된 민족혁명당의 총서기로 활동하며 군사조직으로 조선의용대를 창설하고, 총대장이 되어 중국 국민당 정부와 협력하여 항일 무장투쟁을 주도하고 있었소.

조선혁명군사정치간부학교의 정식 명칭은 '중국 국민정부 군사위원회 간부훈련반'이오. 후에 조선혁명간부학교, 의열단간부학교, 조선혁명군사훈련반, 남경 선인군관학교 등으로도 불렸지만, 보통 국민정부 간부훈련반으로 불렸소. 국민정부 간부훈련반은 총 6개 대가 있었는데 그 중 제1~5대는 중국인들이 소속되었고, 조선인들은 제6대에 소속되었소.

중화민국 간부훈련에 조선인들로 구성된 조직이 만들어진 것은 올해(1932년) 4월 29일 상해에서 일어난 윤봉길의 훙커우공원 의거 때문이오.

윤봉길은 김구의 한인애국단에 입단하여 훙커우공원에서 열리는 일왕의 생일연 겸 전승 축하 기념식에 폭탄을 투척하였소. 그 사건으로 상해 파견군 사령관 시라카와와 상해의 일본 거류민단장 가와바타는 사망했고, 제3함대 사령관 노무라 중장, 제9사단장 우에다 중장, 주중공사 시게미쓰 등이 중상을 입었소. 그는 거사 직후 현장에서 잡혀 일본 군법회의에서 사형을 선고받았는데 12월에 총살형으로 순국하였소. 국민정부의 장개석(蔣介石, 장제스)은 윤봉길 의사의 의거에 감명을 받아 조선인들의 독립운동을 지원하게 된 것이오.

공식적으로는 '중국 국민정부 군사위원회 간부훈련반 제6대'지만 조선인들로 구성된 6대는 이와 구별하기 위해 '조선혁명군사정치간부학교'로 이름하게 되었소. 조선혁명군사정치간부학교는 중국 측의 재정 지원을 받았지만 운영을 비롯하여 교육과 졸업생에 대한 조치 등은 의열단 자체의 책임 아래 자율적으로 이루어졌소.

10월 20일, 나는 조선혁명군사정치간부학교 1기생으로 입교해 6개월간 교육훈련을 받게 되었소.

1기생은 나를 포함한 26명으로 교과목은 정치과와 군사과로 나누어져 철학, 유물사관, 변증법, 각국 혁명사, 삼민주의, 한국역사, 전술학, 자연과학 등으로 구성되어 있었소. 특히 큰 비중을 차지한 것은 유격전, 기습, 파괴 등 특수공작에 필요한 과목이었소. 교관은 김원봉, 이영준, 박건웅, 권중환, 박차정, 신악 등 의열단 간부들이 맡았소.

아침부터 저녁까지 쉴 새 없는 교육과 훈련의 연속이었소. 고통을 동반하는 체력훈련과 여러 가지 다양한 무기를 다루는 일이 병행되어 하루의 일과가 끝이 나면 파김치가 되기 일쑤였소. 하지만 나를 비롯한 1기생들은 꿋꿋하게 훈련을 이어 나갔소.

6개월의 군사교육을 통해 몸과 마음이 새롭게 거듭나는 것 같았소. 드디어 군사교육이 끝나고 4월 20일, 따뜻한 봄날에 조선혁명군사정치간부학교를 졸업하게 되었소.

김원봉은 졸업사에서 간부학교 졸업생들은 국내와 만주지역에 파견되어 대중조직 사업, 무장조직 준비 등의 항일공작을 벌이게 될 것이라고 했소. 나는 본격적인 무장독립운동의 일선으로 들어간다는 말에 감개무량하였소.

졸업식 후, 간단한 유흥이 있었는데 졸업생들의 연극 공연도 포함되어 있었소. 내가 대본을 쓴 「지하실」을 공연하고 직접 출연까지 하였소.

「지하실」은 노동운동을 이야기한 연극이오. 노동운동에서 노동자들의 각성이 중요하다는 것을 말하고 있소. 노동자들의 각성이야말로 조선의 혁명에 필요한 요소이기 때문이오.

연극이 끝난 후, 김원봉은 나에게 특수공작보다 도회지에 머무르며 글을 써서 민족의 정신을 일깨우는 것이 좋겠다고 말했소. 문필이 뛰어나니 전방에서 싸우는 것보다 도회지에서 힘을 써 달라고 말이오.

나는 그 말을 흘려듣지 않았소. 영화와 소설, 시와 같은 문화의 힘이 얼마나 큰지 이미 잘 알고 있었기 때문이오.

김원봉의 한마디는 글의 힘을 다시 한번 깨닫게 해 주었소. 아마도 그것이, 내가 문단에서 글을 쓰게 된 또 하나의 계기일지도 모르오.

비취인(翡翠印)

철컥-철컥-철컥-철컥-

기차 소리가 시계의 초침 소리처럼 규칙적으로 들리는 구려. 기차는 지금쯤 개성을 지나가고 있을 것이오. 맞은편 옆자리에는 나를 감시하는 경관이 회중시계를 닦고 있소. 틈틈이 속주머니에서 꺼내서 보곤 손수건으로 겉을 닦는 것을 보니 무척이나 애착하는 물건인 모양이오.

누구나 특별하게 좋아하는 취미나 물건이 하나쯤 있기 마련이오. 시계, 지갑 등등 종류도 다양하오. 하긴 다양한 사람들이 살아가는 세상이기에, 살아온 삶과 성격에 따라 취향에 맞는 물건 하나쯤은 애착을 가지는 것이 당연한 일일 것이오.

특별하게 애착을 가지는 물건이 나에게도 하나 있었소. 비취 도장이오. 나는 어릴 적부터 도장을 좋아했소.

내가 시골 살던 때, 우리 집 사랑 문갑 속에는 항상 몇 봉의 도장 재료가 들어 있었소. 나와 형제들은 그것에 제각기 제 호를 새겨서 제 것으로 만들 욕심으로 한바탕 겁석을 치곤 했소. 우리가 인재(印材)를 가지고 다투면 윗목에 계신 할아버지께서는 웃으시며 이렇게 말씀하셨소.

"장래에 어느 놈이든 글 잘하고 서화 잘하는 놈에게 준다."

그 때문인지 놀고 싶은 마음이 불현듯 일어나도 도장을 가지고 싶어 아는 글을 한 번 더 읽고 글씨도 써 보곤 했으나, 붓글씨를 쓰면 형을 당하지 못하고 문장을 쓰면 원조를 당하지 못하기에 인재는 장래에 나 아닌 형제에게 돌아가리라 생각하였소. 그 후로 나는 도장에 대한 애착을 버리고 살아왔는데, 뜻밖에 남경의 골동품점에서 눈에 들어오는 도장을 만나게 된 것이오.

조선혁명군사정치간부학교를 졸업한 후, 나는 곧바로 조선으로 건너가지 않고 한동안 남경의 여관에서 생활하였소. 봄비가 잘 내리기로 유명한 남경의 여관살이란 눅눅하고 쓸쓸하기 짝이 없는 것이라, 나는 도서관을 가지 않으면 고서점이나 골동점에 드나드는 것을 일과로 삼았소.

그곳에서 얻은 것이 비취인장이오. 비취인장은 그다지 크지도 않았건만 몸통에 「모시 칠월장(毛詩 七月章)」한 편이 정교하게 새겨

七月流火 九月授衣
一之日觱發 二之日栗烈
無衣無褐 何以卒歲
三之日于耜 四之日舉趾
同我婦子 饁彼南畝 田畯至喜

져 있었소.

모시(毛詩)란 전한의 학자 모형(毛亨)과 그 제자 모장(毛萇)이 『시경』을 정리하고 해석한 것을 말하오. 「모시 칠월장」은 『시경』의 「빈풍칠월(豳風七月)」편을 말하는 것이외다.

초록으로 빛나는 비취 도장 사면에 정교한 글자가 새겨져 있었는데, 상당히 섬세하면서도 자획이 매우 아드스러워서 한눈에 명장의 수법임을 알 수 있었소. 나는 무엇엔가 홀린 듯하여 수중에 있는 돈을 탈탈 털어 비취인장을 사게 되었소.

내가 얼마나 그 인장을 사랑했는지 아무도 모를 것이외다. 그것이 얼마나 사랑스럽던지 밤에 잘 때도 손에 쥐고 있었고, 지방을 여행할 때도 꼭 그것만은 몸에 지니고 다녔소.

대개 여행을 다닐 때면 가는 곳마다 말썽을 부리는 게 세관리들인데, 서적은 물론이고 하다못해 그림엽서 한 장도 그냥 보지 않는 자들이 나의 귀여운 인장은 거들떠보지 않았소. 세관리들이 흑심을 품고 물건을 압수하면 되찾을 수 없는 시절이라 그들의 안목 없음이 그렇게 고맙고 다행스러울 수 없었소.

그랬기에 나는 내 고향이 그리울 때나 부모 형제가 보고 싶을 때는 이 인장을 들고 보거나, 내가 좋아하는 「모시 칠월장」을 한 번 외우면 속이 시원하였소. 아마도 그 비취인에는 내 향수와 혈맥이 통해 있을 것이 분명하오. 어쩌면 전생에 그 도장과 어떤 인연이 있었는지도 모르겠소.

내가 얼마나 비취인을 좋아했냐 하면 3년 후, 어머니의 회갑 기념 병풍에 비취인에 쓰인 글을 적어 넣을 정도였소. 하지만 나의 사랑스런 도장은 오랫동안 내 곁에 있지 못했소.

상해로 옮겨 갔다 조선으로 돌아올 때의 일이었소. 나는 함께했던 동지들과 헤어지게 되어 떠나기 전날 밤, 특별히 친한 동지들과 최후의 만찬을 했소. 이제 헤어지면 언제 다시 만날지 모르는 길이라 마지막 인사를 해야 했소.

나는 나를 여기까지 이끌어 준 윤세주에게 무언가 기념할 것을 주어야 할 것 같았소. 당시 나에게는 소중한 사람에게 줄 만한 가치 있는 물건이 비취인밖에는 없었소. 내가 목숨만큼 아끼는 비취인이지만 그에 대한 고마움에 비할 바는 아니었소. 나는 그에게 나의 소중한 비취인을 주기로 마음을 먹었소. 그리하여 나는 도장방을 찾아가 내 귀여운 비취인 한 면에다 글을 새겼소.

贈石正.一九三三.九.一〇.陸史

1933년 9월 10일 육사가 석정에게 드림

석정은 윤세주의 호요. 나는 훗날 「연인기(戀印記)」라는 수필에서 그의 이름을 노출하지 않기 위해 S라는 이니셜을 썼소.

나는 그날 저녁 만찬에서 내 평생을 잊지 못할 하루를 보내고 다음 날 그와 헤어지게 되었소. 그때 나는 목숨처럼 아끼던 비취인을 그에게 주었소. 그와 헤어진 후로 나는 때때로 그와 내 도장을 떠올리곤 했소. 그를 생각하며 지은 시도 있소.

교목(喬木)

푸른 하늘에 닿을 듯이
세월에 불타고 우뚝 남아 서서
차라리 봄도 꽃피진 말아라.

낡은 거미집 휘두르고
끝없는 꿈길에 혼자 설레이는
마음은 아예 뉘우침 아니라.

검은 그림자 쓸쓸하면
마침내 호수 속 깊이 거꾸러져
차마 바람도 흔들진 못해라.

SS에게

교목은 소나무와 향나무처럼 키가 크고 곧게 자라는 나무를 말하오. 살아서 천년, 죽어서 천년을 남아 있는 나무요. 내가 만난 윤세주는 그러한 사람이었소. 의지가 깊고 마음먹은 것을 실천에 옮기는 데 주저함이 없는 교목 같은 사람이었소.

그와 헤어진 후, 10년이 가깝도록 윤세주의 소식은 알 길이 없었소. 풍문에 중국 동북지역에서 조선의용대를 만들어 일본군과 싸우고 있다고 하는데 어딘가에서 죽었다는 소문도 있소.

소문의 진위는 알 길이 없지만 나는 윤세주가 살아 있을 것이라 굳게 믿소. 그는 쉬이 죽을 사람이 아니외다.

윤세주는 오늘도 나의 귀여운 비취인을 제 몸에 간직하고 천태산 한 모퉁이를 돌아 많은 사람들 틈에 끼여서 강으로 강으로 흘러가고 있을 것이오.

산모퉁이를 돌다가 힘에 겨워 쉬는 시간에 나의 비춰인을 본다면, 그는 나를 기억할 것이외다. 나는 그것으로 만족하오.

노신(魯迅)

그날은 1933년 6월 초, 어느 토요일 아침이었소. 조선혁명군사정치간부학교를 졸업하고 남경에 머물던 나는 5월 15일 상해로 오게 되었소. 나는 상해의 프랑스 조계지인 포백로의 금릉여관에서 머물고 있었소.

하루는 조간신문에 당시 중국과학원 부주석이요, 원로이던 양행불(楊杏佛, 양싱푸)이 남의사원에게 암살을 당했다는 기사가 대문짝만 하게 실렸소.

'남의(藍衣)'라는 이름은 중국 국민당의 남색 제복에서 유래하는 것이오. '남의사'는 국민당 소속의 파시스트 단체로 악명을 떨치는 무리들이었소. 그제야 나는 거리마다 삼엄하게 늘어선 프랑스 공무국 순경들의 예리한 눈초리가 양행불 사건으로 인한 것임을 알게 되었소.

내가 여관의 동료들에게 이 소식을 전하자 편집원 R씨는 현재 상해의 정세에 대해 들려주었소.

1927년 4월 12일, 장개석은 국공합작의 약속을 깨고 노동자와 공산당원을 체포, 살육하는 우익 쿠데타를 감행하였소. 곳곳에서 백색테러가 자행되었는데 상해에서만 300여 명이 살해되고 500여 명이 체포되었소. 이 엄청난 살육이 혁명의 이름으로 행해졌으며 이 사건으로 상해는 장개석의 세상이 되었소.

이에 진보적 작가들은 장개석을 비판하며 그의 정책에 반기를 들었소. 국민당 통치자들은 진보적 작가진영의 중요분자인 반재년(潘梓年, 판쯔니엔)과 여류작가 정령(丁玲, 딩링)을 체포하여 어디론가 연행해 가 버렸소. 이에 송경령(宋慶齡, 쑹칭링) 여사를 중심으로 한 일련의 자유주의자들과 작가연맹이 맹렬하게 구명운동을 하였는데, 그것이 국민당 통치자들의 심기를 건드렸던 것이오.

양행불은 채원배(蔡元培, 차이위안페이), 송경령, 노신(魯迅, 루쉰) 등과 함께 중국민권보장동맹을 조직한 집행위원으로 남의사의 블랙리스트에 올라 있었고, 이번에 양행불이 본보기로 남의사원에 의해 암살당했다는 것이오.

"이건 누가 봐도 장개석의 짓이오. 내 장담하리다."

R은 안 봐도 뻔하다는 듯 자신 있게 말했소.

3일 후, 나와 R 씨는 장례식이 벌어지는 만국빈의사로 찾아갔소. 나 같은 조선 청년이 거기에 갈 일이 없지만 왠지 고인이 된 양행불의 명복을 빌어 줘야 할 것 같아서 R 씨를 부추겼던 것이오. R 씨는 기꺼이 장례식장으로 안

내해 주었소.

양행불은 생화가 가득한 관 속에 잠자는 듯이 고요하게 누워 있었소.

나는 향을 피워 그의 명복을 빌어 주었소. 내가 간단한 소향(燒香)의 예를 끝내고 돌아설 때, 연회색 두루막에 검은 마괘자를 입은 중년 신사가 생화에 싸인 관을 붙들고 통곡을 하는 것을 발견할 수 있었소.

짧은 회색머리에 눈썹이 짙고 콧수염을 한 중년 신사는 왠지 모를 기품이 있었소. 나는 그가 노신이라는 것을 짐작하였소. 옆에 섰던 R 씨는 10분쯤 후에 나를 노신에게 소개하여 주었소.

나는 공손하게 서서 인사를 하였고, 노신은 익숙한 친구처럼 나의 손을 잡아 주었소.

노신은 중국의 문호라고 일컬어질 정도로 현대 중국문학에서 절대적인 인물이오. 나는 언젠가 그가 쓴 「아큐정전(阿Q正傳)」을 읽고 이런 이야기를 한 적이 있소.

"나는 아직까지 아큐의 운명이 걱정되어 못 견디겠다."

노신은 아큐에 현대 중국인들의 모습을 투영하였소. 외세에 침입당하고도 화를 내지 못하는 어리석은 중국인의 유약하고 허풍스런 모습을 그는 아큐를 통해 풍자적으로 보여 주었던 것이오. 씻지 않고 때가 묻은 사람이 거울을 보면 그 허물을 알게 되듯이, 중국인들은 「아큐정전」을 통해 자신들의 현실을 직시하게 되었소. 그렇기에 노신의 작품은 중국인들의 암울한 미래에 희망을 주는 글이라고 할 수 있었소.

나는 개인적으로 노신을 존경하였기에 그의 책을 많이 읽었고, 그와의 짧은 만남이 영원히 잊지 못할 기억으로 생생히 남아 있소.

그로부터 3년 후, 노신이 56세를 일기로 상해시 고탑 9호에서 영서하였다는 부보를 받았을 때 나는 깊은 슬픔과 애도를 표하지 않을 수 없었소.

내가 「노신추도문」을 쓰고 소설 「고향」을 번역하여 『조선일보』에 게재한 것은 개인의 추억 때문이 아니라 중국문학사에 남을 위대한 작가에 대한 추모의 정 때문이었소. 하지만 내가 그를 존경하는 이유는 그가 문학으로써 혁명가의 길을 걸었다는 것이외다.

노신의 본명은 주수인(周樹人, 저우수런)이며 자(字)는 예재(豫才)요. 1881년 중국 절강성 소흥부에서 태어나 남경 광산학교에 입학해 양학에 흥미를 가지고 자연과학에 몰두하였소. 그 후 동경에 건너가서 홍문학원을 마치고 센다이 의학전문학교와 동경 독일협회학교에서 수학하였소.

1917년 귀국한 노신은 절강성 내의 사범학교와 소흥중학교 등에서 이화학 교사로 있으면서 작가로서의 명성이 높아졌소.

「광인일기(狂人日記)」,「공을기(孔乙己)」,「약(藥)」,「내일(明天)」,「작은 사건(一件小事)」,「머리털 이야기(頭髮的故事)」,「풍파(風波)」 등은 모두 발표되고 나서 세상에 물의를 일으켰소. 그 후 1921년 『신보(晨報)』에 「아큐정전」이 연재되면서부터 노신은 자타가 공인하는 문단 제1의 작가가 되었소.

그가 쓴 작품들은 모두 현대화 전후의 봉건사회 생활을 그린 것으로 그것이 필연적으로 붕괴될 수밖에 없었던 이유를 묘사하고, 어떻게 새로운 사회를 만들어 갈 수 있을지를 암시하고 있소.

노신의 작품은 주로 농민을 주인공으로 했소. 때로는 지식인일지라도 공을기처럼 구시대의 지식인으로 시대에 뒤떨어져서 무슨 일에도 쓰이지 못하고, 기품만은 높으나 생활력은 없고 끝내는 망해 걸인이 되는 존재를 그렸소.

그는 문학 속에서 중국인의 허풍스러운 모습을 적나라하게 표현했는데, 과거의 중국에서 벗어나야 한다는 혁명적인 요소를 깔아 놓았던 것이오. 말하자면 노신의 글은 중국인들의 거울과 같은 것이었소.

노신은 중국 문단의 별로 추앙받았고 인민들에게 존경받았소. 노신과 궤를 함께하는 지도자 손문(孫文, 쑨원)은 봉건 군벌의 지배를 타도하기 위해 광주를 거점으로 삼아 중국 국민당을 재정트하고, 1924년에는 제1차 국공합작을 성립시키고 황포군관학교를 건립하게 되오.

2년 후인 1926년 7월, 장개석을 총사령관으로 삼은 국민혁명군은 봉건군벌을 향해 북벌을 시작하였소. 이들은 거침없이 북진하였고 채 1년도 되지 않아 강남 대부분의 도시를 탈환하게 되오. 노신은 국민혁명을 기뻐하며 내심 새로운 중국의 모습을 기대하였소. 하지만 장개석은 국공합작의 약속을 깨고 백색테러를 자행하였소.

장개석이 상해를 장악하자 노신은 절망에 빠져 칩거하게 되오. 양행불과 같은 생각을 가지고 있던 문인들이 암살되거나 납치되어 행방불명되는 암담한 상황에서 그의 혁명에 대한 신념은 점점 요원해졌을 것이오.

내가 노신을 만난 것은 그 무렵이었소. 그는 눈물이 마르지 않은 깊은 눈으로 나를 바라보며 내 손을 두어 번 굳세게 잡아 주었소. 양행불의 죽음에서 미래의 절망을 맛본 노신이 독립운동을 하고 있다는 조선 청년의 손을 잡고 어떤 생각을 했을지……. 알 수 없는 일이외다.

창공(蒼空)에 그리는 마음

"여기가 어디쯤이오?"

나는 옆자리에서 졸고 있는 경관에게 물었소.

경관은 차창 밖을 힐끗 바라보더니 건성으로 말했소.

"알아서 뭐 하게?"

경관은 관심 없다는 듯 팔짱을 끼고 눈을 감았소.

개성을 지나온 지 제법 시간이 흘렀으니 기차는 머지않아 평양에 도착할 것이오.

노신을 만난 후, 얼마 되지 않아 나는 조선으로 돌아왔소.

1933년 9월, 우리는 상해에서 기차를 타고 북경으로 올라와 봉천에서 안동과 신의주를 지나 서울에 도착하였소. 그때 내가 아끼던 비취인을 석정 윤세주에게 준 것은 앞에서 말했거니와, 우린 그 길로 뿔뿔이 헤어져서 자신의 길을 가게 되었소.

나는 귀국 후, 서울 재동에 사는 유태하의 집에서 2주간 머물다 같은 동네에 있는 문명희의 집 방 한 칸을 빌려서 거주하였소. 나의 서울살이가 시작된 것이오.

나는 문학 활동을 본격적으로 시작하기로 마음먹었소.

이듬해 2월 『형상』 창간호에 '이활(李活)'이라는 필명으로 「1934년에 임하여 문단에 대한 희망」이라는 짧은 글을 싣게 되었소. 하지만 다음 달, 뜻하지 않게 일경에 검거되어 구속되었소. 이는 영천으로 내려갔던 처남 안병철의 밀고 때문이었소.

대구고등계 수사관은 처남이 나와 동행하여 중국에 다녀오느라 오랫동안 영천을 떠나 있다 집으로 돌아온 것을 알아냈소. 처남의 행적을 들추기 위해 악질적인 고문을 하였고, 모진 고문을 이기지 못한 처남이 남경의 조선혁명군사정치간부학교에 대해 토설한 것이었소. 그 여파로 군사정치간부학교 출신자 검거령이 떨어졌고, 서울에서 생활하던 나는 경기도경찰부에 구속되었던 것이오. 나도 모르는 사이 나는 중국에 가 있던 1932년부터 요주의 인물로 지목되어 전국에 수배령이 내려진 상태였소.

나는 경기도경찰부에 구속되어 모진 고문을 받게 되었소. 그때 '대나무 귀신'이라 불리는 나카무라 유이치 형사와 처음 대면하게 되었던 것이오. 나는 대나무 귀신의 모진 고문에도 끝까지 입을 다물었고 6월 23일 기소유예 의

견으로 석방되었소.

내가 처남인 안병철에게 분노하여 처가에 장문의 편지를 보내서 아내를 데려가라고 한 것은 이미 말했지만, 지금 돌이켜 생각하면 처남의 마음도 이해가 가긴 하오. 모진 고문을 이길 장사는 세상에 없을 것이외다. 처남의 죄는 나를 따라다닌 것밖에는 없소. 그런 처남을 어찌 미워할 수 있겠소.

아내를 데려가라고 한 것도 사실 내 마음 한 켠에 아내에게 미안한 마음이 깊기 때문이외다. 아내와 혼인한 후, 나는 구속되어 감옥에 갇혀 있거나 해외를 떠도느라 아내와 함께 보낼 시간이 없었소. 아내와 나 사이에 아이가 없는 것도 따지고 보면 내 책임이 크오. 나는 착한 아내가 좋은 남자를 만나서 여느 여자처럼 아이를 기르며 잘 살았으면 하는 마음이 있었소. 그래서 마음에도 없는 절교의 편지를 보냈던 것이오. 하지만 아내와의 인연은 쉬이 끊어지지 않았소.

기소유예 후, 일경의 감시망은 더욱 심해졌소. 나는 의열단원들과 연계하여 무장 독립운동을 하고 싶었지만 이렇게 되어서는 김원봉의 말처럼 도회지의 공작밖에는 생각할 수 없었소. 결국 나는 글을 쓰는 일로 완전히 방향을 정하게 되었소.

그해, 나는 『신조선』에 수필 「창공에 그리는 마음」을 발표하였소. 그때 너가 사용했던 필명은 '이활'이 아닌 '이육사'였소.

'이육사'는 1927년 조선은행 대구지점 폭파사건에 연루되어 대구형무소에서 1년 7개월 동안 옥고를 치를 때 감옥의 간수가 나를 부르던 이름이오. 내 수인번호가 264였기 때문이오.

감옥에서는 죄수를 이름으로 불러 주지 않고 대신 수인번호로 부르오. 자유를 빼앗긴 사람들은 자신의 이름조차 사용할 수 없소 '264'는 내 첫 번째 감옥생활에서 1년 7개월 동안 불리던 또 다른 나의 이름이었던 것이오.

대구 감옥을 나온 나는 새롭게 살아가리라 다짐하며 '활(活)'이라는 필명을 사용했지만 마음속에는 '264'에 대한 애착이 남아 있었나 보오. '264'는 내가 일제에 저항하다가 만들어진 이름이었기 때문이었소. 나는 스물아홉 살 때에 '육사생(肉瀉生)'이라는 이름으로 『조선일보』에 「대구의 자랑 약령시의 유래」라는 기사를 게재한 적이 있었소. '육사생'이란 '고기를 먹고 설사를 해서 생긴 독한 냄새가 나는 똥'이라는 의미였소. 여기에는 내 수인번호로 일제를 풍자하려는 의도가 있었소.

하지만 '육사생'은 아무리 생각하여도 가음에 들지 않

아 필명을 다시 만들기로 하였소. 처음에는 '육사(六四)'로 하려 했지만 숫자만 나열해 놓은 의미 없는 이름이라 마음에 들지 않았소. 그래서 죽일 륙(戮)과 역사 사(史)를 써서 역사를 바로잡겠다는 포부를 담아 필명을 만들어 보았소. 하지만 육사(戮史)라는 호는 보란 듯이 일제의 눈에 띈다는 어르신들의 충고가 있어서, 비슷한 의미를 지녔지만 다소 완화된 '육사(陸史, 대륙의 역사)'로 필명을 바꾸게 되었소.

내 방식으로 일제에 대한 저항의 의미를 담아 '육사'라는 필명으로 쓴 첫 번째 작품「창공에 그리는 마음」은 당시의 내 마음을 온전히 담고 있소.

벌써 백화점의 쇼윈도는 홍엽(紅葉)으로 장식되었다. 철도안내계가 금강산, 소요산 등등 탐승객(探勝客)들에게 특별할인으로 가을의 서비스를 한다고들 떠드니 돌미역같이 둔감한 나에게도 어쩌면 가을인가? 싶은 생각도 난다.

외국의 지배를 주사침 끝처럼 날카롭게 감수하는 선량한 행운아들이 감벽(紺碧)의 창공을 쳐다볼 때, 그들은 매연에 잠긴 도시가 싫다기보다 값싼 향락에 지친 권태의 위치를 바꾸기 위하여 제비 새끼같이 경쾌한 장속(裝束)에 제각기 시골의 순박한 처녀들을 머릿속에 그리며 항구를 떠나는 갑판 위의 젊은 마도로스들과도 같이 분즈히들 시골로, 시골로 떠나고 만다. 그래서 도시의 창공은 나와 같이 올데 갈데없이 밤낮으로 잉크칠이나 하고 있는 사람들에게 맡겨진 사유재산인 것도 같다.

나는 이 천재일시(千載一時)로 얻은 기회를 놓치지 않겠다고 나의 기나긴 생활의 고뇌 속에서 실로 짧은 일순간을 비수의 섬광처럼 맑고 깨끗이 갠 창공에 나의 마음을 그리나니 일망무제(一望無際)! 오직 공(空)이며 허(虛)! 이것은 우주의 첫날인 듯도 하며 나의 생의 요람인 것도 같아라.

신은 아무것도 없는 공과 허에서 우주만물을 창조하였다고, 그리고 자기의 뜻대로 만들었다고 사람들은 말하거니와 나도 이 공과 허에서 나의 세계를 나의 의사대로 바둑이나 장기를 두는 것처럼 손쉽게 창조한들 어떠랴. 그래서 이 지상의 모든 용납될 수 없는 존재를 그곳에 그려 본다 해도 그것은 나의 자유이어라.

그러나 나는 사람이니 일하는 사람이니, 한 사람을 그리나 억천만 사람을 그려도 그것은 모두 일하는 사람뿐이어라. 집 속에서도 일을 하고 벌판에서도 일을 하고 산에서도 일을 하고 바다에서도 일을 하나 그것은 창공을 그리는 나의 마음에 수고로움이 없는 것처럼 그들의 하는 일은 수고로움이 없어라. 그리고 유쾌만 있나니 그것은 생활의 원리와 양식에 갈등이 없거늘 나의 현실은 어찌 이다지도 착종(錯綜)이 심한고? 마음은 창공을 그리면서 몸은 대지를 옮겨 디뎌 보지 못하는가?

 가을은 반성의 계절이라고 하니 창공을 그리는 마음아, 대지로 돌아가자. 그래서 토지의 견문(見聞)을 창공에 그려 보듯이 다시 대지에 너의 마음을 마음대로 그려 보자.

나는 고개를 돌려 경관에게 다시 물었소.
"이보시오. 오늘 하늘빛이 어떻소?"
경관은 귀찮은 얼굴로 창밖을 올려보더니 말했소.
"하늘이 맑고 푸르오."
그는 말을 마치자 팔짱을 끼고 눈을 감았소.
마음은 창공을 그리면서 몸은 대지를 움켜쥐는 현실은 지금도 마찬가지외다. 용수의 눈구멍으로는 창밖을 온전히 볼 수 없지만 나는 조선의 겨울 하늘이 가을 하늘만은 못해도 그만큼 높고도 푸르다는 것을 누구보다 잘 알고 있소.
나는 하늘을 우러러 부끄러움 없이 살아오려 노력해 왔소. 이 하늘을 얼마나 더 볼 수 있을지 알 수 없는 일이오. 하늘에 내 마음을 그려 본 지 오래되었지만 어쨌거나 나는 오늘 창공에 내 마음을 그려 보오.
 순수한 내 마음이, 진실한 내 소망이 먼 창공에 닿길 바라면서 말이외다.

의의가패(依依可佩)

한학을 배울 때, 우리가 공부에 열중하지 않고 표정이 일그러지면 할아버지는 책을 덮고 종종 재미있는 이야기를 해 주시곤 하셨소. 그때 들었던 이야기 중에 관포지교(管鮑之交)를 특히 재미있게 들었던 것으로 기억하오. 관포지교는 춘추전국 시기 제나라에 살았던 관중과 포숙, 두 사람에 관한 이야기요.

제나라 군주가 세상을 떠나자 태자인 양공이 왕위에 올랐소. 양공은 사치스러운 생활에 빠져서 정사를 게을리 했소. 반란이 일어날 것을 예감한 포숙은 또 다른 왕자인 소백과 함께 거나라로 피신했소.

관중은 또 다른 왕자 규를 섬겨 그와 함께 노나라로 망명하였소. 얼마 후, 반란이 일어나 제양공이 살해당하자 규를 왕위에 올리려던 관중은 소백을 죽이기로 결심했소.

관중은 길에서 숨어 기다리다가 소백을 활로 쏘았고 화살에 맞은 소백은 비명을 지르며 쓰러졌소. 관중은 소백이 죽은 것으로 착각하고 돌아갔지만 화살은 소백의 혁대를 맞혔을 뿐이었소.

관중은 소백이 죽은 것으로 착각하고 천천히 제나라로 귀국하게 되었소. 이 틈에 소백은 규보다 먼저 제나라르 돌아와 왕위에 올랐소. 그가 바로 제환공이오.

제환공은 일등공신 포숙을 재상의 자리인 상경(上卿)에 봉하려 했소. 하지만 포숙은 관중을 상경으로 추천했소.

제환공은 분노하며 말했소.

"관중은 나를 죽이려 한 원수인데 어찌 그를 믿을 수 있겠는가?"

포숙은 부드럽게 말했소.

"관중은 자신의 주인을 지키기 위해 어쩔 수 없이 그런 것입니다. 관중은 신(臣)의 친구이니 신을 신임하듯이 믿어 보십시오."

결국 포숙 덕에 재상이 된 관중은 온 힘을 다해 제환공을 보좌했고 부강해진 제나라는 춘추전국 시기 처음으로 천하를 제패한 강대국이 되었소. 훗날 관중은 이렇게 말했다 하오.

"나를 낳아 준 이는 부모님이지만, 나를 알아준 이는 포숙이다."

나는 그 이야기를 듣고 이 세상에서 이해관계를 초월하여 나를 알아주는 친구 하나만 가져도 좋겠다는 생각을 하곤 했소.

나의 성격은 원만한 편이지만 내 눈에 차는 사람을 만나 본 적은 없었소. 내 눈에 차는 사람은 우선 나와 말이 통하는 사람이어야 하오.

석정 윤세주와 같은 이가 있기는 하지만 그는 혁명가에 가까워서 지적(知的)으로 깊은 이야기를 나누기는 어려웠소. 더구나 까마득히 멀리 떨어져 있어서 지척으로 오갈 수도 없으니 나에게는 없는 사람이나 마찬가지였소. 결국 나와 친한 이들은 원일과 원조 같은 형제들뿐이었소.

하지만 이런 나에게 운명적인 벗이 하나 나타나오. 그는 내가 조선혁명군사정치간부학교에 연루되어 수감되었다 풀려나와 본격적으로 글쟁이 생활을 할 때 만난 사람이외다.

1935년, 봄이었소. 나는 다산 정약용의 문선 『여유당전서』 간행을 위해 위당 정인보 선생의 내수동 저택에서 『목민심서』를 번역하고 있었소. 그때 얼굴이 희고 귀티가 나는 젊은이가 방 안으로 들어왔소.

나는 책을 보다 말고 말없이 그의 얼굴을 바라보았고, 그는 당황한 듯 머뭇거리다가 머리를 숙여 인사를 하였소.

"처음 뵙겠습니다. 신응식이라고 합니다."

그의 이름은 신응식이고, 호는 석초(石艸)요. 키가 크고 얼굴이 길며 깨끗하여 귀티가 났소.

석초는 충남 서천의 부유한 집안에서 태어났소. 나보다 다섯 살 아래로 내 아우 원조와 동년배였지만 그와는 처음부터 이야기가 잘 통했소.

나와 석초는 여러모로 공통된 부분이 많았소. 내가 퇴계 이황의 후손인 것처럼 그는 석북 신광수의 후손이었고, 어려서 한학을 익히고 보통학교를 나와 일본으로 유학을 다녀온 경력도, 일찍 혼인하여 가정을 가진 것까지 비슷했소.

내가 그를 좋아했던 것은 무엇보다 고문학부터 신문학까지 박학다식했기 때문이오. 나는 그와 『여유당전서』 번역을 함께 하면서 고문학부터 현대문학까지 문학의 동향이 어떻게 변화되고 있는지에 대해서도 깊이 이야기를 나눌 수 있었소.

이 무렵, 석초는 동경에서 돌아와 명륜동의 서울집에서 기거하고 있었소. 그는 아우 신하식과 함께 살고 있었는데 위당 선생의 권유로 『여유당전서』 번역 작업에 동참하게 되었소.

그 무렵, 위당 선생은 민세 안재홍 선생과 함께 정다산 문집 간행에 진력하고 계셨소. 나는 이 사업이 이 시기에 유일하게 가능한 합법적인 정신운동이며 민족적으로도 뜻

있는 사업이라 여겼소.

처음에는 신조선사가 그 일을 주관하고 있었는데 경비가 늘 모자라 좀처럼 진척되지 못했소. 위당 선생이 그 소릴 듣고 백방으로 뛰어다녀 윤치호, 공성학, 김사정 같은 당대의 유명인사들에게서 자금을 조달하여 다산 정약용 선생의 방대한 저술 번역작업이 진행되고 있었던 것이오.

신조선사는 민족유산을 번역하는 사업 이외에도 월간 잡지 『신조선』을 발행하고 있었는데 경영난에 허덕이고 있었소. 그런 까닭에 편집인이나 기자를 쓰지 못하고 사주(社主) 혼자서 원고 청탁과 편집, 경리 일까지 하며 겨우겨우 출판사를 꾸려 나가고 있었소.

나는 딱한 사정을 두고 볼 수 없어서 석초와 함께 잡지의 편집 일을 돌봐주게 되었소. 우린 보수를 받지 않고 일을 하였으니 석초는 나 때문에 성가신 일을 맡게 된 것이오.

『신조선』의 편집자가 되면서 잡지의 지면을 채우는 것은 우리의 일이 되었소. 하지만 원고료를 줄 수 없으니 원고 구하는 일이 어려웠고, 결국 잡지의 지면을 채우기 위해 서로의 시 작품을 고심하여 싣게 되었소. 이때는 각자가 지은 초고를 보여 주고 느낌을 이야기하며 시를 완성해

갔소.

이 무렵, 내가 『신조선』에 발표했던 작품은 「춘수삼제(春愁三題)」와 「황혼」으로 '육사(陸史)'라는 필명으로 발표하였소.

신석초는 6월호에 「비취단장(翡翠斷章)」을 발표하며 문단에 데뷔하게 되었소. 나는 그의 시가 만들어지는 과정에 참여하였기에 아직도 생생하게 기억하고 있소.

그는 전통적인 소재를 좋아한다고 했소. 나처럼 한학이 바탕이 되어서인지 「비취단장」은 한시 느낌이 들었지만 파격적이고 낭만적이어서 현대시의 정취가 오롯이 느껴졌소. 나도 그의 영향을 받아서 몇몇 작품에 낭만적 경향을 띠었던 것 같소.

『신조선』의 발행인이자 사장인 권태휘는 책이 무난하게 나오자 나와 석초를 완전히 믿고 편집 일을 맡겨 버렸소. 원래 나의 열이 아니었고 돈이 되는 일도 아니었지만 나에게는 어떤 신념 같은 것이 있었소. 그것은 돈으로 살 수 없는 높은 가치였소. 석초 역시 나와 비슷한 마음을 가지고 있었기에 열악한 환경에서도 함께할 수 있었던 것이오.

월간지의 지면을 채워 넣기 위해서는 원고를 청탁할 문인들을 알아야 했소. 나와 석초는 명치정(明治町, 지금의 명동)의 다방을 전전하며 문인들을 만났고 그들과 친분을 다졌소. 명치정에는 이병각 형의 종씨가 경영하던 다방이 있었는데 우리의 근거지였소. 또 다른 근거지는 본정(本町, 지금의 충무로)에 있는 명치옥이라는 과자점인데 맛있는 커피가 일품이었소. 명치옥은 동경에 본점을 둔 가게로 본정에 분점을 낸 셈이오. 명치옥에서 대각선으로 마주 보는 위치에 있던 환선서점(丸善書店, 마루젠서점)은 명치옥과 마찬가지로 동경에 본점이 있는 서점으로 우리가 목말라하던 지식을 채울 수 있던 곳이었소.

 나와 석초가 양복을 입고 걸어가면 주변의 사람들이 우릴 쳐다보았소. 우리는 나름 모던 젠틀맨의 자부심이 있었소. 우리는 명치정과 본정을 휩쓸고 다니며 차를 마시고 놀다가 저녁이 되면 카페나 바, 때로는 요정에 들러 술을 마셨소. 우린 그곳에서 문학에 대해 이야기하고 사상에 대해 열정적으로 토론했소. 그렇게 이야기와 술로 밤을 지새다 새벽녘이 되면 단골 술집에서 쌀막걸리를 마시며 헤어졌소.

 조선시대 선비들처럼 시회를 열고 시를 지으며 놀았던 때도 눈앞에 선하오. 나와 석초, 여천(아우 원조), 춘파(전형), 동계, 민수(강명호) 등 여섯 명이 동산에 모여 시회를 열고 놀았는데 그때 지은 시가 「만등동산(晩登東山)」이외다.

卜地當泉石 복지당천석
시냇가 바위 있는 곳을 가려

相歡共漢陽 상탄공한양
서로 기뻐하며 함께 한양에 사네

擧酌誇心大 거작과심대
술잔 들어 담대함을 자랑하고

登高恨日長 등고한일장
높은 곳에 올라 해 길어짐 한탄한다

山深禽語冷 산심금어랭
산 깊어 새소리 차갑고

詩成夜色蒼 시성야색창
시 이루는 밤빛은 푸르구나

歸舟那可急 귀주나가급
돌아가는 배는 뭐가 그리 급할까

星月滿圓方 성월만원방
별과 달이 하늘에 가득한데

아! 생각해 보면 그때가 얼마나 찬란하게 빛나던 때였는지……. 신석초는 나의 관포지교이며 지란지교(芝蘭之交)이며 문경지교(刎頸之交)이며 지음(知音)이외다.

그와 함께 경주에 놀러 갔던 것도 기억하오. 아버지의 회갑연 후에 경주로 놀러 가 함께했던 시간들이 아직도 생생하오. 그는 2년 뒤에 선친의 회갑연에 나를 초대하였고 우린 함께 부여도 여행했소. 부여박물관, 백마강과 낙화암을 구경하며 백제 마지막 군주 의자왕의 흔적을 감상하며 즐거운 한때를 보냈소.

그해(1940년)에 나는 신석초에게 묵란도(墨蘭圖) 한 점을 그려 주었소. 만약 내가 윤세주에게 비취인을 주지 않았다면 석초에게 내가 가장 아끼던 도장을 주었을 것이오. 하지만 당시 나에게는 석초에게 줄 만한 것이 아무것도 없었소. 하여 나는 직접 그린 한 점의 묵란도를 그에게 선물했던 것이오.

붓을 들어 힘차게 난초를 그린 다음 왼쪽 하단부에 가로로 '육사(陸史)', 오른쪽 상단부에 '의의가패(依依可佩)'라는 글자를 썼소. 이 문구의 출전은 『시경』 소아(小雅)의 「채미(采薇)」편이오. '의의(依依)'는 의태어로 '하늘거리는 모양'을 말하고 '가패(可佩)'는 '가까이한다'는 뜻을 가졌소. 그러니 '의의가패'는 곧게 뻗은 난초 같은 친구를 곁에 두고 싶다는 내 마음의 표현인 것이오.

묵란도를 받은 석초의 모습은 설날 때때옷을 입어 보는 어린아이처럼 행복해 보였소. 나도 덩달아 마음이 뿌듯하였소. 하지만 부여 여행 이후에 석초와의 만남이 뜸하지더니 점점 더 어려워지게 되었소.

석초는 부친의 병환으로 자주 시골집에 갔고, 나는 폐결핵으로 경주에서 요양을 했기 때문이었소. 그때 나는 이런 시를 지어 엽서에 보낸 적이 있소.

뵈올까 바란 마음 그 마음 지난 바람
하루가 열흘같이 기약도 아득해라
바라다 지친 이 넋을 잠재울까 하노라

잠조차 없는 밤에 촉(觸) 태워 앉았으니

이별에 병든 몸이 나을 길 없오매라
저 달에 상기 보고 가오니 때로 볼까 하노라.

내가 그토록 좋아했던 석초를 마지막으로 본 것은 1943년 1월 1일이오. 양력 1월 1일은 일본이 만든 설로 '신정'이라 불렀소. 이때는 조선 사람들이 양력으로 설을 쇠지 않았는데, 일본에 대한 무언의 저항이었던 것이오.

그날은 전날 큰 눈이 내려 서울이 온통 새하얀 눈 속에 파묻혀 있었소. 나는 이른 아침, 석초의 집으로 찾아갔소.

"석초, 오랜만에 눈이나 밟읍시다."

"네? 신정 아침부터요?"

"어허, 잘 모르시는군. 중국 사람들은 설이 되면 으레 눈길을 걷는답니다. 우리도 오랜만에 눈길을 한번 걸어 봅시다."

석초는 옷을 갖춰 입고 나왔고, 나는 그와 함께 눈 내린 거리를 거닐었소. 세상은 온통 은세계였고 우린 청량리에서 홍릉 쪽으로 걸었소. 울창한 숲에는 온통 눈꽃이 피어 가지들이 길게 늘어졌고, 화사한 햇빛이 눈 위에 반짝거렸소.

생각해 보면 그날따라 말이 많았던 것 같소. 나는 무기를 반입할 목적으로 북경에 갈 예정이었소. 나는 무의식적으로 석초에게 일간 북경으로 갈 거라는 말을 하였소. 뒤늦게 내가 기밀을 발설했다는 것을 깨닫고는 입을 다물었지만 말이오.

석초는 나에게 더 물어보지 않았지만 뭔가 기대하는 듯한 얼굴이었소. 나는 자세한 내막을 이야기하고 싶었지만 그러지 못했소. 그는 혁명가나 독립군이 아닌 한 사람의 문인일 따름이외다. 그를 내 세계 속으로 끌어들이고 싶지는 않았소. 우린 그렇게 눈 내린 거리를 한참 동안 걷다가 헤어졌소.

"육사 형, 잘 다녀오세요. 오시면 한잔 제대로 합시다."

석초는 동네 입구에서 나를 향해 손을 흔들어 주었소. 그것이 석초와의 마지막 만남이었소.

나의 지음, 석초는 지금쯤 뭘 하고 있는지 궁금하오. 오늘따라 그가 무척 보고 싶소.

춘수삼제(春愁三題)

내가 시인으로서 본격적으로 활동하게 된 것은 『신조선』의 무보수 편집인을 맡게 된 후부터였소.

첫 번째 청탁을 받은 것은 정다산 문집 『여유당전서』의 번역에 참여하고 있을 때였소. 『신조선』의 편집인은 나에게 열악한 사정을 이야기하며 시 한 편을 청탁했소. 나로서는 청천벽력이었소.

『중외일보』의 대구지국 기자로 있을 때 「말」이라는 시를 내긴 했지만 벌써 5년 전의 일이었소. 나는 본래 시를 쓰는 사람이 아니고 기사나 비평, 수필 같은 산문이 내 전문분야라고 일언지하에 거절했지만, 편집자의 거듭된 부탁에 차마 더는 거절하지 못하고 울며 겨자 먹기식으로 허락하게 되었던 것이오.

문예지에 발표할 첫 시를 쓰기 위해 나는 고심에 고심을 거듭할 수밖에 없었소. 옛사람들이 어떻게 시를 썼는지 당송의 명시까지 훑어보았을 정도요.

옛사람들은 시를 이렇게 정의했소. 썩은 땅에서 맑은

샘물을 구하듯이, 악취 나는 가죽나무에서 좋은 향기를 찾듯이, 하늘과 인간, 본성과 천명의 이치, 인심(人心)과 도심(道心)¹⁵의 구분을 살펴 마음의 찌꺼기를 걸러 내어 맑고 참된 마음이 문장으로 발현되는 것이라고.

나는 어려서 한학을 배우며 자랐기에 시에 대한 나름의 철학이 있었소. 당나라 시인 두보는 '어불경인사불휴(語不驚人死不休)', 즉 시로 사람을 놀라게 하지 못하면 죽어도 쉬지 않겠다고 했으니, 이왕이면 시를 쓰는 데 있어서 시어로 사람을 놀라게 하리라 마음을 먹었소. 하지만 시를 쓰는 일은 생각보다 어려운 일이었소.

그것은 첫째로 내가 두보나 이백 같은 천재가 아니고, 둘째로 시라고는 어릴 적 배운 한시가 전부라 문장과 심상의 정수를 압축해 놓은 시를 짓는다는 것이 높은 성벽을 올라가는 것처럼 어려웠기 때문이오. 하지만 약속한 기일은 차츰 다가오고 석초에게도 굳게 약속한 바가 있어서, 나는 마음을 굳게 먹고 시를 쓰겠노라 펜을 들고 종이를 펼쳤소.

그리하여도 내 머릿속은 텅 빈 종이와 같아서 반짝이

---

15. 성리학에서는 사람의 마음을 욕망에서 나온 마음인 인심과 하늘의 바른 도리에서 나온 마음인 도심으로 나누어 본다.

는 시상이 떠오르지 않았소. 안 되는 글을 억지로 짜내는 것처럼 곤혹스러운 일은 없을 것이오. 그것은 목숨을 갉아 먹는 고역과도 같은 것이외다.

나는 들고 있던 펜을 책상 위에 올려 두고 가벼운 마음으로 집을 나섰소. 글이 안 될 때는 산책이나 하면서 머리를 쉬게 해 주는 것도 좋은 방법이외다.

골목길을 걷다가 문득 고개를 돌리니 열린 사립문으로 보이는 초가의 쪽마루에 머리가 허연 할머니가 볕을 쬐며 앉아 계셨소. 멍한 눈으로 정신 나간 사람처럼 하늘을 바라보는 할머니는 작년에 감옥 간 아들의 어머니외다. 흐트러진 백발에 눈은 움푹 들어가고 광대가 볼록 튀어나온 늙은이는 마른 대추처럼 쪼글쪼글한 얼굴로 멍하니 하늘을 바라보고 있었소.

늙은이는 마치 그 자리에서 망부석이라도 된 것처럼 봄가을 할 것 없이 아들을 기다렸소. 늙은이의 금쪽같은 삼대독자 억수는 독립운동에 연루되어 서대문형무소에 수감되어 있었소. 아내는 형무소로 뒷바라지 간 모양이오. 나는 늙은이가 살아 있을 동안 억수가 형기를 마치고 돌아오길 기원하며 골목길을 휘적휘적 걸어갔소.

마을 어귀에 있는 우물가에서는 두 아낙이 빨래를 하고 있었소. 그들이 내 눈에 들어온 것은 방망이질 때문이었소. 빨래에 무슨 원한이라도 있는 사람처럼 두 아낙은 방망이를 그악스럽게 휘두르고 있었소.

나는 그 두 사람을 곧 알아보았소. 한 사람은 옆집 사는 덕순네였고, 또 한 사람은 뒷집 사는 두억네였소. 두 사람 모두 수심이 가득한 얼굴로 빨래를 하다가 방망이질을 멈추고 이야기를 나누고 있었소.

나는 궁금한 마음에 가까운 곳에 있는 버드나무 그늘에서 담배를 피워 물고 두 사람의 대화를 엿들었소.

두억네와 덕순네 모두 아버지와 딸이 일본으로 돈 벌러 간 집이외다. 두억네는 남편이 일본에서 바람이 나서 새살림을 차리지 않았다면 이렇게 소식이 없지 않을 것이라 흉을 보고 있었고, 덕순네는 과년한 처녀가 객지에서 봉변이라도 당하지 않을까 걱정하고 있었소.

당시 조선에는 일자리가 없었고 임금도 박했기 때문에 일손이 많이 필요한 일본으로 조선의 노동자들이 대거 유입되던 시절이었소. 나는 관동대지진으로 일본에 건너간 조선 노동자들이 일본인에게 많이 죽었으며 그들이 열악한 환경에서 노동하는 것을 잘 알고 있었소.

두억네는 문리가 트이지 않은 아녀자인지라 아녀자의 억측으로 떠들어 대고 있는 것 같았소. 조선 노동자의 쥐꼬리만 한 임금으로 일본에서 새 여자를 들인다니 말도 안

되는 소리외다. 하지만 일본으로 건너간 조선인 노동자들의 궁핍한 삶을 생각하면 두 아낙의 걱정거리가 내 걱정인 양 느껴져서 절로 한숨이 나왔소.

그들의 처지를 생각하다 갑자기 좋은 시상이 번개처럼 떠올라서 피던 담배를 끄고 집으로 돌아와 책상 위에 올려놓은 펜을 잡았소.

시상은 '근심'으로 잡았소. 지금은 봄이니, 봄의 근심이 좋을 것 같았소. 나는 턱을 괴고 생각에 잠겼소.

옛사람들이 흔히 쓰는 한시 가운데에는 근심을 소재로 쓴 것들이 많았소. 당장 머릿속에서 생각이 나는 시는 당나라 시인 한종(韓琮)의 「춘수(春愁)」라는 시요.

金烏長飛玉兎走 금오장비옥토주
금빛 까마귀 멀리 날고 옥토끼도 달려가네

青鬢長青古無有 청빈장청고무유
칠흑 같은 귀밑머리 언제까지 검을까?

이것은 따스한 봄날, 백발이 된 머리를 보고 늙어 가는 자신을 깨닫고 세월의 빠름을 한탄하는 시요. 하지만 이런

시는 당대(唐代)나 조선시대에 어울리는 시이지, 현실과는 맞지 않는 것 같았소. 그렇다고 억수 어머니나 두 아낙의 사정을 곧이곧대로 쓰면 조선총독부의 검열에 걸릴 것이 자명했소. 나는 너무나 평범하지만 비유로 총독부의 검열을 피할 만한 시를 쓰기로 마음먹었소. 내가 처음 발표했던 「말」처럼 뼈가 담긴 시를 쓰기로 마음먹었소. 그리하여 나는 『신조선』에 발표할 첫 번째 시를 지었소.

춘수삼제(春愁三題)

이른 아침 골목길을 미나리 장수가 길게 외고 갑니다,
할머니의 흐른 동자(瞳子)는 창공에 무엇을 달리시는지,
아마도 X에 간 맏아들의 입맛을 그려나 보나 봐요.

시냇가 버드나무 이따금 흐느적거립니다,
표모(漂母)의 방망이 소린 왜 저리 모날까요,
쨍쨍한 이 볕살에 누더기만 빨기는 짜증이 난 게죠.

빌딩의 피뢰침에 아즈랑이 걸려서 헐떡거립니다,
돌아온 제비 떼 포사선(拋射線)을 그리며 날아 재재거리는 건,
깃들인 옛 집터를 찾아 못 찾는 괴롬 같구려.

「춘수삼제」는 봄의 세 가지 근심을 이야기한 시로 『신조선』 1935년 6월호에 발표되었소. 나의 이웃인 세 집안의 근심을 비유에 담았기 때문에 보기에는 한가한 봄날을 표현한 시로 느껴질 수도 있소. 하지만 내 본래 의도는 표면에 있는 것이 아니오. 나는 문장 깊은 곳에 일제에 대한 분노와 조선 민중에 대한 동정을 깊이깊이 숨겨 놓았소.

　나는 잡지에 실린 내 시를 보고 후련한 마음이 들었소. 일제의 주둥이에 한주먹을 날린 것만 같이 느껴졌소. 그 이후로 나는 본격적으로 시인의 삶을 살아가기로 마음을 먹었소.

바다의 마음

 내가 서른세 살 되던 1936년은 파란만장한 한 해였소. 그해 봄에 나는 셋째 외삼촌 허규와 목단강에 사는 둘째 외삼촌(허발)을 찾아가 독립자금을 받아 왔소. 돌아오는 길에 봉천에 머물고 있던 몽양 여운형을 만났는데 그는 상해에서 독립자금을 받아 오던 길이었소. 외삼촌은 그의 추지를 듣고 가지고 있던 독립자금 일부를 전해 주었소.

 몽양 여운형은 안창호 선생의 강연에 감동하여 독립운동에 투신한 인물이외다. 그는 1919년 3·1만세 운동을 주도해서 기획했고, 김규식 등을 파리강화회의에 파견했으며, 직접 일본을 찾아 담판을 짓기도 했소. 1919년, 동경제국호텔에서 그가 한 연설은 명문으로 회자되고 있소.

> *주린 자는 먹을 것을 찾고 목마른 자는 마실 것을 찾는 것은 자기의 생존권을 위한 인간 자연의 원리이다. 이것을 막을 자가 있겠는가! 일본인이 생존권이 있는데 우리 한민족만이 홀로 생존권이 없을 수 있는가? 일본인이 생*

존권이 있다는 것을 한국인이 긍정하는 바이요, 한국인이 민족적 자각으로 자유와 평등을 요구하는 것은 신이 허락하는 바이다. 일본 정부는 이것을 방해할 무슨 권리가 있는가? 세계는 약소민족 해방, 부인 해방, 노동자 해방 등 세계 개조를 부르짖고 있다. 이것은 일본을 포함한 세계적 운동이다. 한국의 독립운동은 세계의 대세요, 신의 뜻이요, 한민족의 각성이다.

1919년 11월 28일 일본 『마이니치신문』

여운형은 한국의 독립운동이 생존권을 위한 한민족의 당연한 권리라고 주장했소. 이 사건으로 인해 여운형은 일제가 경계하는 요주의 인물로 '불령선인 1호'가 되었소. 그는 일경을 피해 해외로 돌아다니며 제국주의 일본을 규탄하고 민족 해방을 위한 연설을 해 왔소. 하지만 1929년 7월, 상해에서 체포된 여운형은 조선으로 압송되어 옥고를 치러야 했소.

3년 형을 마친 후 여운형은 1933년, 조선중앙일보사 사장으로 취임하여 언론인으로 활동을 하기 시작했소. 망하기 직전이던 『조선중앙일보』는 『조선일보』, 『동아일보』와 겨루는 3대 일간지가 되었는데, 월간잡지 『중앙』을 창간하는 등 무섭게 성장하여 세간의 주목을 끌었소. 그의 사업 수완이 좋기도 했지만, 독립지사들의 지원이 있었기에 망해 가던 신문사가 부활하고 성장할 수 있었던 것이오.

나는 그때 『조선일보』 대구지국에서 함께 기자 생활을 했던 이선장을 만났소. 그는 대구 적색노동조합 사건에 연루되어 피신 중이었소. 나는 이선장을 여운형에게 소개하고 귀국길에 체포되어 일주일간 서대문형무소에 구류되었소.

일본경찰은 내가 만주의 독립운동가들과 깊이 연관되어 있다고 확신했기에 무자비한 고문을 자행하며 행적을 캐물었소. 나는 이번에도 마찬가지로 굳게 입을 다물었소. 아무것도 건지지 못한 경찰들은 나를 풀어 주었지만 내 몸은 만신창이가 된 후였소.

사실 그들은 극심한 고문으로 내가 죽을까 두려워 풀어 주었던 것이오. 당시 나는 의식 없이 목숨줄만 간당간당했다고 하오. 간신히 정신을 차려 몸을 움직일 수 있게 되자 서울을 떠나 포항에서 요양하게 되었소.

포항에는 서기원이라는 친구가 살고 있었는데 나와는 각별한 사이였소. 하생(何生, 어찌 살아가나)이라는 그의 호에서 알 수 있듯이 그는 일제에게 나라를 빼앗긴 것을 비분강개하는 열혈지사였소. 서기원은 내가 아프다는 사실을 알고 동해송도원에 방 한 칸을 빌려 편히 쉬도록 해 주었소.

동해송도원은 푸른 바다와 해수욕장이 가까이 있고, 공기가 맑고 아름다운 곳이었소. 나는 그곳에서 몸을 추스르며 체력을 길러 나갔소.

폭풍처럼 바쁘게 살아왔던 나의 나날에서 가장 느리고 평화로우며 따분한 시절이었소. 무더운 여름이지만 바다에서는 덥다는 말이 무색하외다. 바다에서 시원한 바람이 연신 불어오기 때문이오. 바다에서 부는 바람에서는 짭짤한 소금기가 묻어나오. 바다 내음은 소금 냄새와 미역 냄새와 비린내를 섞은, 글로는 표현하기 어려운 냄새요.

하얀 모래사장에서 푸른 바다를 바라보며 우두커니 서 있으면 어느 섬나라의 휴양객이라도 된 듯싶었소. 물감처럼 파란 하늘을 나는 물새는 시름없어 보였소. 물새들은 일렁이는 바다에 떠서 고기를 잡았고, 떼를 지어 물가에 모여 있다 사람이 다가오면 떼를 지어 하늘로 날아올랐소.

물새들의 어지러운 발자국을 밟으며 나는 홀로 백사장을 거닐었소. 아무런 근심 없이 평화롭게 살 수 있다면 얼마나 좋겠소? 내 나라가 온전히 독립된 국가였다면 나는 아무런 근심 없이 살아갈 수 있을 것이외다. 시름없는 바다를 바라보고 있으니 문득 시상이 떠올랐소.

바다의 마음

물새 발톱은 바다를 할퀴고
바다는 바람에 입김을 분다.
여기 바다의 은총이 잠자고 있다.

흰 돛[白帆]은 바다를 칼질하고
바다는 하늘을 간질여 본다.
여기 바다의 아량이 간직여 있다.

낡은 그물은 바다를 얽고
바다는 대륙을 푸른 보로 싼다.
여기 바다의 음모가 서리어 있다.

 신문사와 잡지사를 오가며 기사와 글을 쓰느라 마감에 쫓기는 삶을 살아온 내가 이렇게 편하게 지내도 되는지 도리어 불안할 정도였소. 휴양생활이 좋긴 하였지만 노는 것이 내 몸에 익숙하지 않아 불편했고, 시골이라 세상 돌아가는 것을 모른다는 것이 문제였소. 그럴 때는 지인에게 편지와 엽서를 써서 소식을 전해 들었소.
 이곳에서 쓴 「바다의 마음」도 엽서를 통해 신석초에게

보냈소. 그는 내가 친필로 쓴 시를 소장하고 있을 거외다.

지금 생각나는 것은 그해 8월, 독일에서 열린 베를린 올림픽이오. 베를린 올림픽에서 대한 남아인 손기정이 마라톤 대표로 나가 일등을 했다는 소식은 내 울울한 마음을 풀어 주는 한바탕 기쁜 소식이었소. 하지만 손기정 때문에 벼락을 맞은 신문사가 있었으니 바로 『조선중앙일보』와 『동아일보』외다.

손기정은 조선 사람이지만 일본 대표로 출전하였기에 시상식에서 가슴에 일장기를 달았소. 하지만 두 신문사가 일장기 위에 덧칠을 하여 지워서 보도했고, 조선총독부는 이를 빌미로 신문 발행을 중지시킨 것이오. 나라 잃은 설움이 이런 것이외다.

나는 그 소식을 듣고 피가 끓는 기분이 들었소. 언론인들은 누구보다 강한 사람들이외다. 그들은 과거부터 권력을 무서워하지 않고 직필(直筆)을 사명으로 생각했기 때문이오.

일본이 힘으로 나라를 빼앗을 수는 있더라도 우리의 정신까지는 빼앗을 수 없을 것이오. 나는 하루빨리 몸을 회복하여 글로써 일제에 대항하는 지식인의 대열에 동참해야겠다고 다짐하였소. 그땐, 그랬던 것 같소.

빈풍칠월(豳風七月)

　기차가 오랫동안 멈춰 있는 것을 보니 평양에 도착한 모양이오. 기차는 평양에서 일각을 머무르다가 출발하오.

　등 뒤에서 아이가 칭얼대는 소리가 들리오. 아이를 달래는 어머니의 목소리가 연해 들리는 것으로 보아 부모님과 함께 먼 길을 가는 모양이외다.

　내 인생을 되돌아보다가 가장 행복한 순간이 언제인지 생각해 보았소. 단연 어릴 적이었소. 도산 원촌마을에서 부모님과 형제들과 아랫목에서 이불을 덮고 오순도순 지내던 때가 제일 그립소. 그다음으로 행복했던 때를 치자면 어머니의 회갑연일 것이오.

　어머니의 성함은 허길(許吉)이오. 한말 의병대장을 했던 허위 어른의 종질녀이시고, 만주에서 독립운동을 하는 일창 허발의 누이동생이며 일헌 허규의 누님 되시오. 어머니는 이른 나이에 아버지에게 시집와서 여섯 형제(원기, 원록, 원일, 원조, 원창, 원홍)를 낳으셨소.

　어머님은 여느 어머니와는 다른 분이셨소. 양반가의

규수가 대개 그렇듯이 어머니도 어려서부터 규방의 법도를 배우고 자랐지만 스스로 깨달음의 잣대를 세워서 법도에 연연하지는 않으셨소. 언젠가 우리 형제 사이에 법도만 지키고 있으면 멀어지기 쉬우니 담배와 술을 트라고 하셨는데, 그 후로 우리는 담배와 술을 트게 되었고 더욱 친밀한 사이가 되었소. 형제의 서열은 있지만 친구처럼 친한 사이 말이외다. 우리 형제들이 남들보다 우애가 돈독한 것은 모두 지혜로운 어머니 덕분이오.

어머니는 드러내지는 않았지만 배움의 깊이가 깊고 행실에 절도가 있었으며 어느 정도 예지력이 있는 분이셨소. 어머니는 당신이 임종할 시간을 아시고, 전날 밤에 자식들을 불러 세세한 절차를 분부하시고 임종할 시간에 조용하게 운명하셨소. 어머니의 죽음은 마치 고승의 입적처럼 장엄하고 숭고한 광경이었소.

고리타분한 시골 양반이 그렇듯 아버지는 어머니처럼 강단이 강한 분이 아니었기에 우리 집안의 대소사는 어머니를 중심으로 이루어졌고, 그런 까닭에 어머니는 우리 집안의 기둥과 같았소. 그렇지만 엄하다기보다 자애로운 분이었소. 그래서 우리 형제들의 사랑과 존경을 한 몸에 받으셨소. 그런 어머니의 회갑연이었기에 나에게는 더욱 남다르게 다가왔던 것이오.

사람이 오래 살기는 어렵고, 환갑을 넘기는 것도 어려운 일이라 자식 된 도리로 부모님이 무강하게 오래 사시는 것만큼 기쁜 일은 없을 것이오.

옛날, 우리 고장 어르신 가운데 농암(聾巖) 이현보(李賢輔)라는 명신이 있었소. 분천마을 출신으로 연산군 시절에 과거에 급제하며 명종조까지 오랫동안 벼슬살이를 했던 명신이외다.

농암 이현보는 이름난 효자였소. 그는 마흔여섯이 되던 해에 귀머거리바위(聾巖)에다 '애일당(愛日堂)'이라는 별채를 지었는데, 한나라의 문장가 양웅의 『효지(孝至)』에 나오는 '효자애일(孝子愛日)'[16]이라는 구절에서 가져온 것이오. 즉, 애일당은 부모님의 남은 날을 아깝게 여겨 돌아가시는 날까지 하루하루 정성을 다해 효도하겠다는 뜻으로 지은 집이외다.

농암 이현보는 이 집에서 양친을 모시고 동생들과 더불어 색동옷을 입고 술잔을 올려 부모님의 마음을 기쁘게 했다고 하오. 또 이 집에는 '적선(積善)'이라는 편액이 걸려 있는데 '선행을 쌓은 집안에는 반드시 남은 경사가 있다(積

---

16. 효자는 날을 아낀다는 뜻으로, 될 수 있는 한 오랫동안 효성을 다하여 부모를 섬기고자 하는 마음을 이르는 말이다.

善之家 必有餘慶)'라는 뜻으로 선조 임금이 이현보의 효행에 감동하여 손수 글씨를 써서 후손에게 하사한 것이오.

나와 형제들은 할아버지에게 옛날이야기처럼 농암 선생에 관해 들었고, 어릴 적 할아버지와 함께 분천마을의 농암종택에 가서 애일당을 구경한 적이 있었소. 이렇듯 어려서부터 효에 관해 배웠던 우리가 사랑하는 어머니의 환갑을 맞이하게 되었으니 얼마나 좋았겠소.

1936년 11월 18일, 대구에 있는 형의 집에서 어머니의 회갑잔치가 열렸소. 형제들이 십시일반으로 돈을 모으고 사촌들도 합세하여 동네잔치를 성대하게 열었소. 구경 온 사람들에게 성찬을 대접하고 우리는 색동옷을 입고 노래를 부르고 춤을 추며 부모님을 즐겁게 했소. 어머님이 즐거워하시는 모습을 보니 우리는 기뻤고 감개무량했소.

포항의 동해송도원에서 요양을 한 후라 몸이 완쾌되지는 않았지만 제법 건강한 몸으로 어머니의 회갑연에 참여하게 되었소. 나로서는 참으로 다행한 일이었소.

회갑을 기념하는 날에 양친 모두가 살아 계신다는 것은 자식으로서 기쁜 일이외다. 하지만 어머님의 얼굴에 한 줄기 수심이 어려 있었소. 나는 어머니의 걱정이 무엇인지 잘 알고 있소. 일제에 나라를 빼앗긴 현실에서 이런 잔치가 마뜩지만은 않았던 것이오. 그래서 이날 우리 형제는 어머니를 위해 특별한 선물을 준비하였소. 그것은 회갑연 병풍이외다.

열두 폭 병풍에는 그림은 없고 글씨만 적었는데 내가 제일 좋아하는 『시경』의 문구인 「빈풍칠월」편을 적었소. 이것은 내 비취인에 새겨져 있던 「모시 칠월장」이외다.

어머니는 병풍을 만든 의미를 물어보셨는데 나는 이렇게 말씀드렸소.

"어머니, 땅바닥을 구르는 돌에도 의미가 있다 하는데 하물며 열두 폭 병풍에 의미가 없겠습니까?"

나는 어머니에게 차근차근 병풍에 적힌 글의 뜻을 설명해 드렸소.

  七月流火 칠월류화
  칠월에 화성 흘러가면

  九月授衣 구월수의
  구월에는 옷을 지어 주네.

  一之日觱發 일지일필발
  십일월 동짓달은 쌀쌀한 바람 불고,

  二之日栗烈 이지일율렬
  십이월 섣달은 추위가 매섭다네.

無衣無褐 무의무갈
옷 없이 털옷 없이,

何以卒歲 하이졸세
어찌 한 해를 마치겠는가.

三之日于耜 삼지일우사
정월에는 쟁기 손질하고,

四之日擧趾 사지일거지
이월에 농사일 시작하네.

同我婦子 동아부자
우리 부녀자들 힘 모아,

饁彼南畝 엽피남무
저 남쪽 밭에 들밥 내가니

田畯至喜 전준지희
권농관이 기뻐하네.

「빈풍」은 빈(豳)[17]이라는 고장을 중심으로 유행했던 노래로, 특별한 이치가 있는 노래가 아니라 농가월령가(農家月

---

17. 기산의 북쪽(지금의 산시성(陝西省) 서북 지역) 낮은 들에 있었던 주나라의 발상지.

송가(頌歌)[18]외다. 「빈풍칠월」편은 전쟁 걱정 없이 생업에 힘쓰며 살아가는 태평성대를 노래한 것이오. 이 시는 주나라의 주공이 지은 것인데, 그는 태평성대를 보기까지 험한 세월을 견뎌야 했소.

주나라는 원래 중국 고대 국가인 은나라의 제후국이었는데, 은나라 주왕은 중국 역사상 가장 흉악한 폭군이었소. 그는 주색에 빠져 정사를 돌보지 않고 왕실의 유흥을 위해 세금을 올렸으며, 왕을 비판하는 자들에게 가혹한 형벌을 가해 백성들의 원성을 샀소. 이를 지켜보고만 있을 수는 없었소. 주공의 형인 무왕은 은나라를 쳐서 주왕을 몰아냈고, 천명은 은나라를 떠나 주나라에 돌아갔소.

이제 태평성대가 오나 했는데 또다시 위기가 찾아왔소. 무왕은 천하의 새 주인이 되었지만 일찍 세상을 떠났고, 무왕의 아들 성왕이 그의 뒤를 이어 즉위했지만 아직 어렸소. 당시 무왕의 형제들은 각지의 제후로 봉해져 있어 어린 성왕은 늑대 무리 사이에 있는 한 마리 양과 같았소.

무왕의 아우이자 성왕의 숙부인 주공 단이 섭정이 되

---

18. 농가의 농사일과 세시 풍속을 1년 열두 달의 순서에 따라 읊은 노래. 농민들에게 달마다 해야 할 일을 알려 주며 농사일을 독려하려는 의도가 담겨 있었다.

었을 때, 사람들은 그가 어린 성왕을 없애고 천자가 될 것이라 생각했지만 그 예측은 보기 좋게 틀렸소. 주공은 반역을 꾀하는 자들을 토벌하여 온전하게 천하를 조카인 성왕에게 물려주었던 것이오. 이때 주공은 어리고 경험이 부족한 성왕에게 백성들의 생업의 어려움을 알고 천명에 순응하는 법을 가르치기 위해 시를 지었는데, 이 시가 「빈풍」이오.

우리도 험한 세월을 넘어 우리나라가 독립하고 태평성대가 오길, 어머님이 그 세상에서 만수무강하시길 기원하여 「빈풍칠월」편을 적은 회갑연 병풍을 만든 것이오.

내가 병풍에 깃든 뜻을 이야기하자 어머니의 얼굴에서 미소가 피어올랐소.

"어머니, 우리나라가 독립이 되어 태평가를 부를 때까지 오래오래 사십시오."

나는 어머니께 술을 올렸소.

"내가 살아 있는 동안 그 소원이 이뤄지면 좋겠구나."

어머니는 기꺼이 술잔을 받아 마시며 당신의 소원이 이루어지질 바라셨소. 하지만 어머니는 그로부터 6년 후에 돌아가시고 말았소.

우리의 소망과는 다르게 일본은 어머니의 회갑연 이듬해(1937년)에 중일전쟁을 시작하여 북경과 천진, 남경을 함락하며 중국 일대를 차지하였고, 1941년 12월에 진주만을 공습하여 태평양전쟁을 일으켰소.

일본이 망하기는커녕 동남아시아 여러 지역을 차지하고 세력을 키워 가고 있으니 걱정스러운 일이외다. 일제를 물리치고 독립이 된 세상에서 태평가를 부르자던 우리의 소원은 이루어질 수 있겠소?

일본이 망하면 나는 어머니의 묘지에 술을 따를 생각이었소. 하지만 이런 꼴이 되었으니 안타까울 따름이오.

잃어진 고향

그날은 하늘이 높고 푸르던 화창한 가을날이었소. 내가 사는 집 처마에 까만 양복을 입은 제비들이 쉴 새 없이 날아다니고 있었소. 처마 아래에 진흙집을 지어 놓고 새끼를 낳아 기르던 제비가 강남으로 가기 위해 부지런하게 날갯짓을 하고 있었소.

회색빛 머리가 어느새 까맣게 변해 버린 새끼들은 부모와 함께 비행 훈련에 열심이었소. 나는 넋을 잃은 사람처럼 우두커니 서서 제비를 보고 있었소. 구름 한 점 없는 파란 하늘을 날렵하게 날아다니는 제비를 보고 있으니 문득 시 한 편이 떠올랐소.

제비야
너도 고향이 있느냐

그래도 강남을 간다니

저 높은 재 우에 흰 구름 한 조각

네 깃에 묻으면
두 날개가 촉촉이 젖겠구나

가다가 푸른 숲 우를 지나거든
홧홧한 네 가슴을 식혀 나가렴

불헝히 사막에 떨어져 타 죽어도
아니서려야 않겠지

그야 한 때 날아도 홀로 높고 빨라
어느 때나 외로운 넋이었거니

그곳에 푸른 하늘이 열리면
어쩌면 네 새 고장도 될 법하이

이 시의 제목은 「제비」가 아니고 「잃어진 고향」이오. 내가 제목을 그리 지은 것은 이유가 있소.

여우는 죽을 때 고향으로 머리를 돌린다고 하오. 나이가 들수록 부모닢이 그립고 고향이 그리워지는 것은 짐승이나 사람이나 같은 마음이겠지요.

장돌뱅이처럼 타향을 떠돌던 나는 문득문득 내가 나고 자란 고향 원촌이 그리웠소. 그래서 바쁜 와중에도 시간이 나면 고향 마을에 다녀오곤 했소.

1930년에는 안동역이 준공되고 1942년에는 청량리부터 경주까지 중앙선 철로로 연결되면서, 청량리에서 기차를 타면 어렵지 않게 안동에 닿을 수 있었소. 서울에서 안동까지는 걸어서 보름이 걸렸고, 이전에는 김천에서 기차를 내려 걸어서 안동까지 와야 했소. 기차가 생기기 전까지는 고향 가는 길이 고단한 길이었소. 하지만 안동에 기차역이 생기면서 하루도 안 걸려서 도착할 수 있었으니 내 딴에는 고마운 철도였던 것이오.

10년이면 강산이 변한다고 하는데 내가 대구로 이사 간 후, 20여 년이 지나는 동안 안동은 많은 것이 바뀌어 있었소. 제일 먼저 눈에 띄는 것이 안동역이오.

일제는 물자 약탈과 대륙 침략을 위해 전국에 철도를 만들었는데 안동도 피해 갈 수 없었소. 당시 일제는 임청각을 철도 인부들의 숙소로 쓰게 하고 행랑채와 대문을 없애고 그곳으로 철길을 만들었소.

임청각은 중종 때 형조좌랑 이명이 안동부 동편 영남산 기슭에 지은 고성 이씨들의 종택이오. 이 집의 주인은 만주에서 독립운동을 하다가 임시정부 초대 국무령을 지냈던 이상룡 선생이외다.

경술국치로 나라를 빼앗기자 이상룡 선생은 이듬해에 가족을 이끌고 만주로 올라가 독립운동을 시작하였소. 서간도에서 경학사와 신흥무관학교를 세워 꿋꿋하게 독립운동을 하셨지만 끝내 독립을 보지 못하고 돌아가시고 말았소.

평생을 독립운등에 투신한 이상룡 선생이 죽은 후, 남은 가족들은 고향으로 돌아오게 되었지만 그들에게는 '불령선인'이라는 꼬리표가 붙게 되었소. 임청각은 이른바 '불령한 조선인'이 다수 출생한 집이라 하여 핍박을 당하게 되었는데 이 무렵, 일제가 안동에 철도를 연결하면서 굳이 노선을 꺾어 임청각 경내를 가로지르도록 설계한 것이오.

임청각의 반은 철도공사의 집무실과 숙소로 쓰였으며 나머지 반은 공사를 핑계로 잘려 나갔소. 그래서 아흔아홉 칸이라던 임청각은 쉰 칸 남짓한 집이 되고 말았소. 이상룡 선생의 아들 이준형은 작년(1942년) 10월, 분을 참지 못하고 유서를 쓴 후 목을 그어 자결하고 말았소. 그에게는 죽을 만큼 치욕스러운 일이었던 것이오.

중앙선은 오십여 칸의 임청각 행랑채와 부속건물을 철

거하고 임청각 앞을 가로막으면서 건설되었소. 나는 강가 바로 옆에 있는 임청각을 지날 때면 늘 송구한 마음이 들었소.

어쨌든 안동역이 세워지고 철도가 개통되면서 안동의 규모는 점점 커져 갔소. 지게와 우마로 실어 나르던 물류 체계가 엄청난 양의 화물을 소화할 수 있는 철도로 바뀌자, 안동역 주변으로 상업 기능이 몰려들었던 것이오.

안동에는 신작로가 생겼고 일제의 법원이 들어섰고 도시는 점점 확장되었소. 법원 주변에 일본식 건물이 생겼고 일본인들이 거주하였소. 시가지에서는 게다를 신고 유카타나 기모노를 입은 이들을 자주 볼 수 있었소. 그들이 일본인인지 조선인인지는 알 수 없으나 왜놈의 옷을 입은 자들을 볼 때면 나도 모르게 화가 치솟았소.

시내 서편에는 화강암으로 예배당 건물을 만든 안동교회도 생겨났소. 한일 강제병합 이후로 안동에서 선교사들이 활동하였는데 그들이 성소병원을 개업한 후, 다양한 포교활동을 펼치면서 개신교 신자들이 많이 늘어났던 것이오.

안동교회는 유명한 서양 건축가인 윌리엄 보리스가 설계했다고 하오. 예배당이 시골에서는 보기 드문 2층 석조 건물인데, 기개 있는 목사님 덕분에 신사참배도 하지 않고 신사 위패를 두지 않는다고 들었소.

시내 동편 영남산 아래쪽에는 안동교도소가 들어섰소. 그곳은 수많은 독립운동 지사들을 가두기 위해 일제가 만든 회색빛 시멘트 조롱(鳥籠)이외다.

반면, 예안은 그때나 지금이나 변함이 없었소. 아니, 1934년 일어난 갑술대홍수로 피해를 입어 마을은 그때보다 더욱 쇠락한 것 같았소.

원촌의 고향 마을도 홍수 피해를 입었고, 우리 집 사랑채도 상당 부분 훼손되어 있었소. 고향 마을은 하루가 다르게 발전하는 안동과는 비교가 되지 않았지만, 그러하여도 나는 고향이 좋았소. 내 어릴 적 기억에 남아 있는 고향이기에 좋았소.

북경에서 돌아오 서울에서 헌병들에게 구속되기 전에도 나는 고향 마을에 다녀왔소. 작년 7월, 장남인 형이 타계하면서 조카 동영이가 빈소를 지키러 고향 마을 원촌으로 돌아온 것이오. 드디어 고향 마을에 돌아갈 집이 생겼소.

내 고향 마을 원촌에 가기 위해서는 안동에서 먼 길을 들어가야 했소. 한나절은 걸어가야 할 정도로 오랜 시간이 걸려야 닿을 수 있소. 하지만 고향으로 가는 길은 즐거운 길이오. 행복한 길이오. 내가 나고 자란 고장이고, 유년기의 추억이 담뿍 담긴 곳이기 때문이오.

나는 고향 마을에서 며칠을 보냈소. 윷판대도 올라 보고, 칼선대와 왕모당도 가 보았소. 마을 앞에 흐르는 맑은 여울물에 발을 담그며 옛 추억에 잠겨도 보았소.

지금 생각하면 잘한 결정이었던 것 같소. 북경으로 끌려가면 다시는 고향을 보지 못할 것이오. 나에게는 고향을 생각하며 쓴 시 한 편이 더 있소.

청포도

내 고장 칠월은
청포도가 익어 가는 시절

이 마을 전설이 주저리주저리 열리고
먼 데 하늘이 꿈꾸려 알알이 들어와 박혀

하늘 밑 푸른 바다가 가슴을 열고
흰 돛단배가 곱게 밀려서 오면

내가 바라는 손님은 고달픈 몸으로
청포(靑袍)를 입고 찾아온다고 했으니

내 그를 맞아 이 포도를 따 먹으면
두 손은 함뿍 적셔도 좋으련

아이야 우리 식탁엔 은쟁반에
하이얀 모시 수건을 마련해 두렴

  내가 어릴 적 먹었던 새콤한 청포도의 기억을 아직도 잊지 못하오. 형제가 많은 집은 먹을 때 항상 모자란 것 같고 차례가 돌아오기 어렵소. 급한 마음에 붉게 익기를 기다리지 못해서 따 먹은 청포도를 생각하면 지금도 얼굴이 찌푸려지오.

  내 고향 원촌은 채 익지 않아 상큼하고 시큼한 청포도의 맛과 닮았소.

  영원히 잊지 못할 나의 고향.

  언젠가 내 나라가 독립되면 고향을 찾아와 청포도를 맛볼 것이오.

황혼

기차는 평양을 지나 북쪽으로 달리고 있소. 석탄을 먹는 철마는 지치지도 않고 먼 길을 쉼 없이 달려가외다.

차창 밖으로 노란빛이 점점 붉어지는 것을 보니 황혼이 지는 듯하오. 먼 지평선 끝에서 황혼이 바다가 되어 밀려오는 것 같소. 용수에 뚫린 작은 구멍으로도 황혼의 아름다움은 새어 들어오는구려.

황혼

내 골방의 커튼을 걷고
정성된 맘으로 황혼을 맞아들이노니
바다의 흰 갈매기들같이도
인간은 얼마나 외로운 것이냐

황혼아 네 부드러운 손을 힘껏 내밀라

내 뜨거운 입술을 맘대로 맞추어 보련다
그리고 네 품 안에 안긴 모든 것에
나의 입술을 보내게 해 다오

저 십이성좌의 반짝이는 별들에게도
종소리 저문 삼림 속 그윽한 수녀들에게도
시멘트 장판 우 그 많은 수인(囚人)들에게도
의지가지없는 그들의 심장이 얼마나 떨고 있을까

고비 사막을 끊어 가는 낙타 탄 행상대에게나
아프리카 녹음(綠陰) 속 활 쏘는 인디언에게라도
황혼아 네 부드러운 품 안에 안기는 동안이라도
지구의 반쪽만을 나의 타는 입술에 맡겨 다오

내 오월의 골방이 아늑도 하오니
황혼아 내일도 또 저 푸른 커튼을 걷게 하겠지
정정(情情)이 사라지긴 시냇물 소리 같아서
한번 식어지면 다시는 돌아올 줄 모르나 보다

　황혼은 슬픈 태양의 뒷모습이며 그림자외다. 빛나는 태양이 대지를 떠나며 흘리는 눈물이외다. 내가 「황혼」을 쓴 것은 1935년 5월의 병상에서였소.

1934년, 조선혁명군사정치간부학교 출신자 검거 때 모진 고문을 당한 후로 나는 몸이 좋지 않았소. 내가 병원에 입원하게 된 것은 그로부터 1년 후, 글 쓰는 일에 매진하면서였소.

사람들은 책상에 앉아 가벼운 펜대를 들어 글을 쓰는 것이 쉬운 일이라 생각하지만, 그것은 결코 쉬운 일이 아니외다. 일신의 지식과 지혜와 상상력을 동원하여 온 힘을 기울여 쓰다 보면 시간이 번개처럼 흘러가 버리기 일쑤고, 끼니를 잊어버릴 때도 부지기수요. 술과 담배를 가까이하며 열악한 환경에서 글을 쓰는 까닭에 시인이나 소설가들 사이에 폐병쟁이가 많은 것이오.

폐병에 걸린 사람은 오래 살지 못하오. 작가이자 시인인 이상은 스물여덟 살의 이른 나이에 폐병을 얻어 요절하였고, 「벙어리 삼룡이」를 썼던 소설가 나도향은 스물다섯 살에, 「봄봄」을 썼던 김유정은 서른 살에, 숭실전문학교의 교수로 「메밀꽃 필 무렵」을 썼던 이효석은 서른여섯 살에 폐병으로 요절하고 말았으니, 말하자면 폐병은 문인과는 떼려야 뗄 수 없는 관계에 있는 병인 것이오. 그렇게 보자면 작품이라는 것은 작가의 생명을 태워 만들어지는 것이 분명하오.

나의 병은 좋아졌다 나빠지기를 반복하였는데, 부친상을 당한 후에 더 심해져서 성모병원에 입원하기까지 했소. 몸이 약해져서 쉬어야 했지만 나는 펜을 놓을 수 없었고, 그 후로도 수많은 작품을 발표하였소.

「절정」「파초」,「청포도」,「해조사」,「한 개의 별을 노래하자」같은 시뿐만 아니라 수필「청란몽」,「은하수」,「연인기」, 소설「황엽전」, 시사평론「중국의 신국민운동 검토」,「중국 농촌의 현상」, 노신을 기리는 문학평론「노신추도문」까지 다양한 분야의 수많은 글들을 이 시기에 썼소. 노신의 소설「고향」을 직접 번역해서 소개하기도 했소. 그 후로도 몇 년간 문단에서 활동을 이어 나갔지만, 돌아보면 1934년부터 1941년까지 7년이 내 인생에서 문필가로서 화려하게 빛나던 시간이었소.

나는 시와 소설, 시나리오와 평론까지 가리지 않고 닥치는 대로 썼소. 모두가 쉬운 일들은 아니오 시와 소설 같은 창작의 영역에서는 상상력을 최대한 발휘해야 했고, 평론을 쓰기 위해서는 사회현상을 이해하고 사상을 연구해야 했소. 어느 것 하나 쉬운 일이 아니었지만 내 힘이 닿는 한 최선을 다했소. 그 때문에 나의 병은 더욱 깊어졌지만 후회하지 않소.

태양의 마지막이 아름다운 황혼으로 빛난다는 것을 알

기 때문이오. 비록 황혼이 어둠에 묻혀 사라질지라도 피처럼 붉은 노을을 지평선에 뿌리며 사라지는 태양의 뒷모습은 아름답기 그지없소.

나는 최선을 다해 살았기에 나의 죽음도 아름다울 것이외다. 하지만 용수의 틈새로 바라보는 황혼이 오늘따라 서글프게 느껴지는 것은 나의 마지막 순간이 얼마 남지 않았다는 슬픈 예감 때문인지도 모르겠소.

    황혼아
    네 부드러운 손을 힘껏 내밀라
    너의 아름다운 세상 속으로 나를 데려가 다오
    황혼아 황혼아

신월(新月)

노을이 사라진 하늘에 어둠이 찾아왔소. 둥근 달덩이가 검은 어둠 가운데 나타나 나를 따라오고 있소.

별빛 가득한 밤이면 나는 한 사람이 생각나오. 그녀는 신월(新月, 음력 초하룻날의 달, 초승달) 같은 사람이었소. 보일 듯 보이지 않았고 만져질 듯 만져지지 않았소.

나는 여자에 관해서는 목석에 가까웠소. 아내와의 관계도 좋은 편이 아니었고 여자에 관해서는 무심한 편이었소. 석초와 같은 시인 무리들과 밤을 지새며 놀 때, 요정에 들어가 기생들의 술 시중을 받을 때에도 나는 다만 술잔을 받아 마셨을 뿐 그들의 손을 잡지도 않았소. 그것은 어릴 적부터 익혀 온 한학의 예절과 가풍 때문인지도 모를 일이오. 그런 목석같은 나에게 한 여인이 다가왔소.

그녀는 말이 없었고 다만 희미한 웃음을 짓던 여인이었소. 그녀는 다른 기생들과는 다르게 기품이 있었소. 거문고를 잘 탔고 한시를 즉석에서 지을 줄도 아는 여인이었소.

취기는 술 향기와 함께 무르익었고, 그날따라 거문고 곡조가 심금을 울리고 있었소. 거문고를 타는 여인은 아름다웠고 내 마음도 덩달아 달아오르는 것 같았소. 나는 문득 시 한 구절이 떠올라 나도 모르게 읊조렸소.

瑤琴一彈千年調 요금일탄천년조
거문고로 천년의 가락을 타노니

聾俗紛紛但聽音 농속분분단청음
그 누가 가락의 진가를 알 것인가

怊悵鐘期沒已久 초창종기몰이구
내 곡조 알아줄 친구가 없음을 슬퍼하노니

世間誰知伯牙心 세간수지백아심
이 세상에 그 누가 내 마음을 알아줄까

거문고 타던 여인이 나를 보며 희미한 미소를 지었소.
"육사 형, 그 시, 육사 형이 지은 겁니까?"
석초가 호기심 가득한 얼굴로 물었소.
"정암 조광조가 지은 「영금(詠琴, 거문고를 노래함)」이라는 시야. 거문고 가락을 들으니 문득 생각이 나서……."

나는 말끝을 흐렸소.

"역시 퇴계 선생님의 후손은 다르네요. 한학에 관해서는 육사 형을 당할 수 없지요."

석초가 엄지손가락을 치켜들었소.

잇달아 동료들이 한시 한 자락씩을 뽑으며 주흥이 올랐소. 말은 하지 않았지만 그 여인의 마음을 얻기 위한 경쟁이 시작된 것이외다.

예술가들은 자유로운 영혼이라 아름다운 로맨스를 꿈꾸는 이들이 많았소. 황진이나 계랑처럼 아름다운 기녀와의 사랑을 말이오. 술을 마시면 호기가 샘솟으니 사내들이란 어쩔 수 없는 모양이오.

나는 즌자코 술을 마시다가 시간이 늦어져 술자리가 파하게 되었소. 요정의 대문 앞에서 모두가 뿔뿔이 헤어져 어두운 골목길을 걸어가고 있을 때, 그녀는 그림자처럼 내 뒤를 따라와 말없이 내 손을 잡아당겼소.

나는 무엇에 홀린 듯 그녀에게 이끌렸고, 그녀와 꿈같은 밤을 지새우게 되었소. 꿈인지 생시인지 알 수 없을 정도로 신비로운 밤이었소.

그녀는 양반가의 여식으로 집안이 망하여 기생이 되었다고 했소. 어려서 평양권번으로 들어가 여러 가지 기예를 배웠는데 평소 독립운동가들을 존경해 왔다고 고백했소.

그녀는 내가 독립운동으로 여러 번 고초를 겪었다는 것을 알고 있었소.

그녀는 이미 나를 알고 있었고, 나를 눈여겨보았고, 나의 시를 듣고서 마음을 정했다고 했소. 그리고 그녀와 나는 다시 아름다운 꿈을 꾸었소.

내가 눈을 떴을 때, 그녀는 이미 사라지고 없었소. 날은 환하게 밝아 있었고 방 안에는 그녀의 체취만 남아 있을 뿐이었소.

나는 처음으로 아내 아닌 여자와 밤을 보냈소. 첩까지 두고 사는 이들이 흔하디흔한 세상이라 내 말을 들으면 싱거운 사람이라 생각할지도 모르겠소.

나는 사랑이란 것에 빠져 버린 것 같았소. 누군가를 사랑한다는 것이 이렇게 사람을 미치게 하는 것인지 나는 알지 못했소. 로미오와 줄리엣의 사랑처럼 알 수 없는 강렬한 끌림이 심장에서 밀려 나와 나를 혼란에 빠뜨렸소.

나는 당장이라도 그녀를 만나고 싶었소. 하지만 내 차가운 이성이 나를 막아섰소. 뜨거운 감성과 차가운 이성의 싸움이 몇 날 며칠간 내 가슴속과 머릿속에서 일어났소. 그것은 뜨거운 갈망과 차가운 이성의 전쟁이었소.

사랑. 그것은 마치 아편과도 같은 중독성이 있는 감정

이었소. 하지만 내 이성은 뜨거운 열정을 이기고 말았소. 그것은 내 머릿속에 뿌리 깊게 자리 잡은 윤리의식 때문인지도 모르겠소. 어릴 적부터 인이 박이도록 달달 외워 온 사서삼경과 성리학의 가르침 때문인지도 모르오.

나는 순간의 욕망보다 아내에 대한 도리를 따르기로 마음먹었소. 하지만 내 맘이라도 내 맘대로 되는 것은 아닌지라, 그녀를 향한 열망의 불씨가 맘속에 조금은 남아 있었던 듯하오.

며칠 후, 글을 쓰는 동료들과 함께 패를 이루어 또다시 요정을 찾아가게 되었소. 나는 내심 그녀를 만나길 원했소. 하지만 내 바람과는 달리 그녀는 요정을 떠나고 없었소.

마담에게 듣기로 그녀는 예기(藝妓)로 술자리의 여흥을 위해 음악을 연주할 뿐 몸을 파는 기생은 아니었소. 요정에서 일하는 예기가 아파서 잠시 일을 대신했던 여인이라고 했소. 그녀는 며칠 일하다가 오전 기차로 평양으로 올라갔다고 했소.

내가 얼마나 상심했는지 아무도 모를 것이오. 하루만 일찍 왔어도 나는 그녀를 만날 수 있었을 것이오. 그럼 그녀와 나의 인연은 이어졌을지도 모를 일이오.

이루지 못한 사랑에 대한 미련이었을까, 아쉬움이었을까, 한동안 그녀에 대한 생각 때문에 일상이 괴로웠소. 하룻밤의 꿈같은 만남이었지만 그녀는 오랫동안 내 가슴에 남아 있었소. 사실대로 말하자면 나는 한동안 그녀를 잊지 못했소. 눈을 감아도 그녀가 생각났소. 상사병이라도 걸린 것 같았소. 그녀와 함께 보냈던 시간은 결국 한 편의 시를 쓰게 만들었소.

아편

나릿한 남만(南蠻)의 밤
번제(燔祭)의 두렛불 타오르고

옥(玉)돌보다 찬 넋이 있어
홍역이 발반(發斑)하는 거리로 쏠려

거리엔 노아의 홍수 넘쳐 나고
위태한 섬 우에 빛난 별 하나

너는 그 알몸동아리 향기를
봄바다 바람 실은 돛대처럼 오라

무지개같이 황홀한 삶의 광영(光榮)

죄와 곁들여도 삶 직한 누리.

 사랑은 아편과도 같은 것이외다. 짧은 순간 불처럼 타오르는 사랑은 마약과도 같소. 하지만 그런 사랑도 시간은 서서히 잊게 만들어 주었소. 한동안 상사병을 앓다가 춘몽에서 깨어난 나는 아무 일도 없었던 사람처럼 내 생활로 돌아와 열심히 문필가의 삶을 살았소. 하지만 사람의 인연이라는 것은 그리 쉽게 끝나는 것이 아니었소.

 몇 년 후, 나는 우연히 명치정 미쓰코시 백화점 앞에서 그녀를 다시 만날 수 있었소.

 그녀는 꽃이 달린 화사한 벨벳모자를 쓰고 아이보리색 양장을 입고 있었소. 청록색 양산을 든 그녀는 한복을 곱게 차려입은 옛날과는 확연히 다른 느낌이었소. 하지만 나는 한눈에 알아보았고 멍한 눈으로 그녀를 바라보았소. 그녀도 나를 보았는지 주변을 한번 둘러보다가 천천히 다가왔소.

 "육사 선생님, 그동안 안녕하셨어요?"

 그녀는 나에게 고개를 살짝 숙여 인사했소.

 "누, 누구신지?"

 내 옆에 있던 석초가 눈치도 없이 물었소.

"육사 선생님, 괜찮으시다면 커피나 한잔하시죠?"

그녀는 석초는 아랑곳없다는 듯 나를 이끌고 백화점 옥상에 있던 카페로 갔소. 석초는 망부석처럼 멍하니 우리의 뒷모습을 바라볼 뿐이었소.

나와 그녀는 그 카페에서 차를 마셨소. 그곳에는 사람들이 많았는데, 그녀의 아름다운 외모 때문에 시선이 집중되었소. 그녀는 말없이 자리에 앉아 커피를 시켰소. 손에 낀 보석 반지나 손가방이나 옷차림을 보아하니 어느 부자의 첩이라도 된 것 같았소.

"요즘도 문예지 활동을 많이 하시죠?"

"……."

나는 말없이 고개를 끄덕였소.

그녀는 커피를 한 모금 마시다가 내려놓고 나를 바라보았소.

"선생님의 시, 「아편」 잘 읽었어요."

그녀는 고양이 같은 눈빛으로 미소를 지었소. 그녀는 「아편」이 그녀와 나의 이야기라는 것을 이미 알고 있었던 것이오.

말을 하지 않아도 알 수 있는 것이 있소. 염화미소의 경지처럼 눈빛만 봐도 통하는 무언가 말이오. 그녀와 나 사이에는 그런 것이 있었소. 나에게 있어 그녀는 또 다른 지음이었던 것이오.

"요즘 문학활동 하시기 힘드시죠?"

그녀는 들고 있던 손가방을 열더니 봉투 하나를 꺼내 탁자 위에 올려놓았소.

"이게 뭡니까?"

"문예지 내는 데 보태세요."

"괜찮습니다."

나는 봉투를 그녀 앞으로 밀었소.

"아니에요. 제 성의이니 제발 받아 주세요. 그도 안 된다면 독립자금으로 써 주세요."

그녀는 봉투를 밀어내는 내 손등을 잡고 나를 바라보았소. 그녀의 눈빛은 동정하는 것이 아니라 간청하는 것이었소.

"평양에 가기 전까지 선생님을 기다렸어요. 하지만 선생님은 오시지 않았고, 저는 며칠을 기다리다 마음을 돌릴 수밖에 없었어요. 하지만 선생님의 시를 보고 얼마나 기뻤는지 아세요?"

그녀의 뺨은 홍조로 물들어 있었소.

"저는 돈 많은 남편이 생겼지만 온전히 제 마음을 주지는 않았어요. 선생님의 마음에 제가 조금이라도 남아 있다면 저를 위해 시 한 편만 써 주세요. 소원입니다."

그녀는 내 손등을 잡은 손에 힘을 주었소. 그녀의 체온이 느껴졌소. 그날 밤, 그녀와의 시간이 떠오르자 온몸의 기운이 눈처럼 녹아내리는 것 같았소.

우린 그곳에서 말없이 커피를 마시다가 헤어졌소. 그녀는 백화점에서 나가더니 기다리고 있던 검은색 자가용에 올라 어디론가 사라졌소.

돈 봉투에는 제법 많은 돈이 들어 있었소. 그녀는 엄청난 재력가의 아내가 되어 있었던 것이오. 그 돈이 시의 대가인지 독립자금인지 나는 아직도 알지 못하오. 나는 그녀에게 받은 돈을 독립군자금에 보태었소.

그녀를 만난 후, 나는 한동안 마음을 진정시키지 못했소. 그것은 아끼던 지음을 잃어버린 실망감 같은 것이기도 했고, 내 물건을 빼앗긴 것 같은 분노, 아쉬움, 박탈감, 패배자의 절망감 같은 복잡 미묘한 감정이었소.

그녀는 본래 내 것이 아니었는데 어째서 그녀에게 미련이 남았던 것일까? 이것이 사랑인지 질투인지 알 수 없지만 나 역시 그녀를 완전히 내 마음에서 떨쳐 보내지는 못했던 것 같소. 그녀를 만난 후 나는 그녀를 생각하며 몇 편의 시를 썼소.

반묘(斑猫)

어느 사막의 나라 유폐된 후궁의 넋이기에
몸과 마음도 아롱져 근심스러워라.

칠색(七色) 바다를 건너서 와도 그냥 눈동자에
고향의 황혼을 간직해 서럽지 않뇨.

사람의 품에 깃들면 등을 굽히는 짓새
산맥을 느낄사록 끝없이 게을러라.

그 적은 포효는 어느 조선(祖先) 쩨 유전이 길래
마노의 노래야 한층 더 잔조우리라.

그도다 뜰 아래 흰나비 나즉이 날아올 땐
한낮의 태양과 튤립 한 송이 지킴 직하고

「반묘」는 얼룩무늬 고양이를 말하오. 그녀는 예쁜 고양이 같았소 새벽 달빛이 창에 비친 방 안에서 나를 바라보던 그녀의 반짝이는 눈빛을 기억하오.

아미(娥眉)

향수(鄕愁)에 철나면 눈썹이 기나니요
바다랑 바람이랑 그 사이 태어났고
나라마다 어진 풍속에 자랐겠죠.

짙푸른 깁장(帳)을 나서면 그 몸매
하이얀 깃옷은 휘둘러 눈부시고
정녕 왈츠라도 추실란가 봐요.

햇살같이 펼쳐진 부채는 감춰도
도톰한 손결야 교소(驕笑)를 가루어서
공주의 홀(笏)보다 깨끗이 떨리오.

언제나 모듬에 지쳐서 돌아오면
꽃다발 향기조차 기억만 서러워라
찬 젓대 소리에다 옷끈을 흘려보내고.

촛불처럼 타오른 가슴속 사념(思念)은
진정 누구를 애끼시는 속죄라오
발아래 가득히 황혼이 나우리치오.

달빛은 서늘한 원주(圓柱) 아래 듭시면
장미 쪄 이고 장미 쪄 흩으시고
아련히 가시는 곳 그 어딘가 보이오.

「아미」의 부재는 '구름의 백작부인'이외다. 춘향이처럼 신분이 상승하여 하루아침에 백작부인이 된 그녀를 위해 쓴 시요. 두 시(詩)는 작정하고 쓴 시는 아니었소. 그냥, 내 감정이 이끌어 스스로 써진 시외다.

「반묘」와 「아미」는 문단에 발표한 시지만 그녀에게 받은 돈 때문은 아니었소. 그녀를 생각하면 마치 물 흐르듯이 시상이 떠올랐고, 나도 모르게 펜을 들어 쓰게 된 것이었소.

석초는 내 시를 보고 그녀와의 관계를 의심하고 종종 농을 하기도 했소. 마치 그녀가 내 애인이라도 되는 양 생각하는 모양이었소.

나는 달없는 웃음으로 대신했지만 생각하면 부끄러운 일이오. 내가 사사롭고 시덥잖은 연애에 빠져 독립이라는 대의를 잊어버린 싱거운 사람이라 생각할까 두려웠던 것이오. 그 대문인지 나는 석초 몰래 한 편의 시를 지어 놓고는 모른 체를 하였소. 그 시는 우리의 마지막 만남을 이야기한 「해후(邂逅)」라는 시요.

해후

모든 별들이 비취 계단을 나리고
풍악 소리 바로 조수(潮水)처럼 부풀어 오르던 그 밤
우리는 바다의 전당을 떠났다

가을꽃을 하직하는 나비 모양
떨어져선 다시 가까이 되돌아보곤
또 멀어지던 흰 날개 위엔 볕살도 따갑더라

머나먼 기억은
끝없는 나그네의 시름 속에 자라나는 너를 간직하고
너도 나를 아껴 항상 단조한 물결에 익었다

그러나 물결은 흔들려 끝끝내 보이지 않고
나조차 계절풍의 넋에 같이 휩쓸려
정치못 일곱 바다에 밀렸거늘

너는 무삼 일로 사막의 공주 같아

연지 찍은 붉은 입술을
내 근심에 표책된 돛대에 거느뇨
오―안타까운 신월(新月)

때론 너를 불러 꿈마다 눈 덮인 내 섬 속
투명한 영락(瓔珞)으로 세운 집안에
머리 푼 알몸을 황금 항쇄(項鎖) 족쇄로 매어 두고

귀뺨에 우는 구슬과 사슬 끊는 소리 들으며
나는 이름도 모를 꽃밭에 물을 뿌리며
머―ㄴ 다음 날을 빌었더니

꽃들이 피면 향기에 취한 나는
잠든 틈을 타 너는 온갖 화판(花瓣)을 따서 날개를 붙이고
그만 어데로 날아갔더냐

지금 노을이 내려
선창(船窓)이 그향의 하늘보다 둥글거늘
검은 망토를 두르기는
지나간 세기의 상장(喪章) 같아 슬프지 않은가

차라리 그 고운 손에 흰 수건을 날리렴

허무의 분수령(分水嶺)에 앞날의 깃발을 걸고
너와 나와는 또 흐르자 부끄럽게 흐르자

 명치정에서의 만남이 내가 그녀를 본 마지막이었소. 나는 때때로 그녀가 생각날 때면 명치정을 산책하곤 했소. 우연이라도 그녀를 만날 수 있을까 기대했기 때문이었소. 하지만 바람과는 다르게 나는 그녀를 만날 수 없었소. 내 삶이 더 바빠지고 시간이 흘러가면서 그녀는 내 기억 속에서 점점 잊혀 갔소.
 가끔 그녀에 대해 쓴 시를 다시 읽을 때마다 나는 춘몽을 꾼 것이라 여겼소. 신월을 본 것이라 생각했소. 그녀와의 만남을 기록한 「해후」는 세상에 발표되지 아니하고 책상 서랍 깊숙한 곳에 남아 있소. 아직 미련이 남은 사람처럼 말이외다.

꽃의 기억

생각해 보니 내 책상 서랍 안에는 「해후」처럼 발표하지 않은 시가 몇 편 더 있소. 「꽃」과 「광야」, 「편복」이외다.

「편복」은 창씨개명한 저명인사를 보고 불현듯 썼던 시로 장조카 동영이가 가지고 있고, 「광야」는 만주에서 허형식을 만난 후에 쓴 시인데 아우 원조가 가지고 있소. 「꽃」은 가장 최근에 쓴 시로 내 고향 원촌에 갔을 때 시상이 떠올라 써 놓은 것이오.

유년기에 우리 집에는 그다지 크지는 못해도 작지 않은 화단이 있었소. 그리고 그 화단은 봄이 되면 붐볐소. 할아버지가 화단을 가꾸는 일을 시켰기 때문이오. 깍지(갈고랑이)로 긁고 호미로 매고 씨가시(씨앗)를 뿌리고 총생이(뿌리에서 새롭게 생겨난 개체)를 옮겨 심고 적당한 거름도 주었소.

우리 집 화단에는 옥매화, 분홍 매화, 해당화, 장미, 촉규화(접시꽃), 백일홍 등등 고운 빛도 보고 향내도 맡고 꽃도 보고 잎도 볼 수 있는, 말하자면 1년 내내 즐길 수가 있는 꽃이 가득했소.

나 역시 할아버지의 영향을 받아 꽃을 기르는 것에 취미가 있었소. 기자 일과 글 쓰는 일을 병행하면서 꽃을 기르는 일은 엄두도 내지 못했지만, 꽃은 나에게 아름다운 추억으로 남아 있소.

하지만 「꽃」이라는 시는 과거의 기억이 아니라 예안향교에서 보았던 무궁화꽃에서 영감을 얻었소.

북경에서 돌아온 나는 내 고향 원촌으로 찾아갔소. 7월이라 날씨가 매우 무더웠고 향교 앞 은행나무에서 이른 매미들이 시끄럽게 울고 있었소.

예안에서 우연히 만난 전교(향교의 책임자) 어르신이 향교에서 잠시 쉬어 가라 권하셨소. 나는 전교 어르신과 함께 향교로 들어와 명륜당 마루에 앉았소. 오랫동안 동리를 떠났던 터라 가족의 이야기를 비롯해서 이런저런 이야기를 나누게 되었소.

그때, 내 눈에 예쁜 꽃나무 하나가 눈에 들어왔소. 그 꽃나무는 명륜당으로 올라오는 계단의 한복판에 자리를 잡고 아름다운 꽃을 무성하게 피우고 있었소. 다섯 개의 하얀 꽃잎 안에 빨간색 점이 혈흔처럼 찍힌 듯한, 크기가 작은 꽃이었소.

그 꽃나무는 여느 꽃나무와는 다르게 매우 특이하게 생겼소. 뿌리에서부터 쭉 뻗어 올라오던 굵은 가지가 여러 갈래로 나뉘는 부분에서 엉켜 있었는데, 누군가가 일부러 꼬아 놓아 깍지를 낀 것처럼 보였소.

"어르신, 저 꽃나무 이름이 뭡니까?"

"무궁화라네."

"무궁화요? 꽃이 아주 작습니다."

"꽃이 작아서 애기무궁화라고도 부르지. 세상에서 보기 드문 무궁화라네."

"향교에 무궁화를 심는다는 말은 들어 본 적이 없는데요?"

"이 지역에는 딱 두 군데가 있네. 볏산서원과 예안향교."

전교 어르신은 드 손가락을 펼쳐 보였소.

"특별한 이유가 있습니까?"

전교 어르신은 향교 마당에 무궁화가 심어진 까닭을 말씀해 주셨소. 그것은 24년 전에 일어났던 3·1운동과 관련이 있었소.

본래 우리 고장 예안은 한말 선성의진을 일으킨 곳이었소. 예안과 안동 일대의 유림들이 일제의 단발령과 명성황후 시해, 고종의 강제 퇴위에 분노하여 의병을 일으키자, 일본 군대는 의병 토벌 과정에서 퇴계종택과 삼백당, 용수사 등 수많은 가옥을 불사르는 만행을 저질렀소. 이에 예안 사람들은 일제에 대한 적개심이 가득했소.

일제에 나라를 빼앗긴 경술국치에 의병장이었던 향산 이만도 어르신이 자정순국(自靖殉國, 일제의 만행에 저항하는 의미로 자결함)하자 그를 따르던 유림들이 차례로 자정순국하면서 경상도는 국권침탈에 저항하는 유림들의 자정순국이 잇달아 일어나게 되었소. 유림들 중에는 만주로 망명하는 이들도 있었는데, 마을이 통째로 이사하여 텅 비어 버린 곳도 있었소.

1919년 일어난 3·1운동은 고종 임금이 붕어하시면서 장례 과정에서 일어난 운동이었소.

예안 지역에서 서울로 올라가 고종의 장례에 참석했던 이동봉, 이용호, 김동택, 신응한 등이 서울에서 일어난 3·1독립만세 운동을 보고 돌아와 예안에서 독립만세 운동을 준비했다고 하오.

신응한은 만촌교회(현 예안교회)를 설립한 장로였는데 고종의 장례식에 참여했다가 독립선언서를 가슴에 품고 돌아온 인물이오. 그는 3월 11일 밤, 예안의 젊은 지도자(신상면, 이시교, 이남호, 이광호, 이호명, 신응두, 신동희)들이 모인 자리에서 3월 17일 예안의 장날에 만세 운동을 일으키자고 합의했다고 하오.

예안면장이던 신상면은 면서기 이광호, 이중원 등과 함께 면사무소의 등사기를 이용해 독립선언문과 태극기를 제작하는 한편, 각 동리에 연락하여 동지들을 규합하였고, 만촌교회 장로 신응한 역시 교회 등사기를 이용하여 독립선언문과 태극기를 제작하여 시위 준비에 들어갔소.

이들은 거사가 일어나기 하루 전날 향교에 모여 자신들의 의지를 굳게 확인하며, 명륜당 계단 사이에 무궁화 한 그루를 심었소. 무궁화 가지를 꼬아 손을 깍지 낀 것처럼 만든 것은 굳은 맹세의 표시였던 것이오.

무궁화를 심은 이들은 계획대로 3월 17일, 예안장터에서 만세 운동을 벌였소.

장이 끝나가는 오후 3시 무렵, 만세 운동을 준비했던 지도부는 견사무소 뒤에 있는 선성산에 올라가 일본이 1912년 다이쇼 일왕의 즉위를 기념하기 위해 세운 어대전기념비(御大殿記念碑)를 쓰러뜨렸소. 그리고 나서 장터로 내려와 대한독립만세를 불렀소.

예안장터에 운집한 군중들은 삽시간에 불어나서 대한독립만세를 부르며 서로 호응했다고 하오. 그것은 안동 지역 최초의 독립만세 운동의 시작이었소.

성난 군중들은 대한독립만세를 부르며 예안경찰관 주재소를 파괴하였소. 이에 급보를 받은 안동수비대가 출동하여 민중들을 해산시키는 한편, 만세 운동을 주동한 인물들을 체포했소.

수비대를 피해 도망친 군중 500여 명은 안동으로 넘어가 안동과 임동, 임하, 길안 등지로 만세 운동이 들불처럼 번져 갔소. 이 사건으로 수많은 사람들이 고초를 겪었소.

이상호, 이성호, 이중유, 금용운, 윤재문, 조사명, 김응진, 신응두 등 수를 헤아리기 힘들 정도의 사람들이 안동지청으로 끌려가 취조를 받고 형무소에서 옥고를 치러야 했소. 향산 이만도의 며느리인 김락은 형사의 고문에 두 눈을 잃었소.

나는 쪽마루에 우두커니 앉아 있던 김락 아주머니를 기억하오. 두 눈을 잃은 아주머니는 언제나 쪽마루에 앉아 하늘을 바라보았는데, 생기가 없어 보였소. 아주머니의 남편은 파리 장서운동에 참여했다가 시체가 되어 돌아왔고, 두 아들은 독립운동을 하느라 일경에 쫓겨 다니는 몸이 되었다는 것을 기억하오.

그 사건으로 예안은 한바탕 태풍이 지나간 것 같았소.

나는 당시 예안의 지도자들이 예안향교에 무궁화를 심은 뜻을 알 것 같았소. 무궁화는 우리 민족을 상징하는 꽃이오. 그들은 만세 운동에 앞서 자신들의 의지를 다졌던 것이오.

그래서인지 일제는 무궁화를 탄압했소. 사람들에게 보기만 해도 눈에 핏발이 선다 하여 '눈에피꽃'이라 부르게 하였고, 손에 닿기단 해도 부스럼이 생긴다고 '부스럼꽃'이라는 이름으로 무궁화를 폄하하였소. 심지어 학교에서는 귀신이 붙은 무궁화를 뽑아 오는 학생들에게 상까지 주었소.

이렇듯 일제는 무궁화를 보는 대로 불태워 버리고 뽑아 없애며 민족의식을 말살하려고 노력했소. 하지만 무궁화는 우리 민족의 강인한 생명력을 닮은 꽃이오. 어떤 고난이 닥치더라도 멈추지 않고 아름다운 꽃을 피울 것이외다.

그날 밤, 나는 예안향교에 핀 작고 예쁜 무궁화꽃을 생각하며 시 한 편을 지었소.

꽃

동방은 하늘도 다 끝나고
비 한 방울 나리잖는 그 땅에도
오히려 꽃은 빨갛게 피지 않는가
내 목숨을 꾸며 쉬임 없는 날이여

북쪽 툰드라에도 찬 새벽은
눈 속 깊이 꽃맹아리가 옴작거려

제비 떼 까맣게 날아오길 기다리나니
마침내 저버리지 못할 약속이여!

한바다 복판 용솟음치는 곳
바람결 따라 타오르는 꽃성(城)에는
나비처럼 취하는 회상(回想)의 무리들아
오늘 내 여기서 너를 불러 보노라

 가만히 예안향교에 핀 무궁화꽃을 떠올리면 나는 1919년 예안장터에서 벌어진 장엄한 광경을 상상하게 되오. 눈처럼 하얀 꽃잎 사이의 붉은 점은 아마도 우리 민족이 흘린 선혈일 거외다. 그 작고도 예쁜 무궁화는 오늘도 향교 마당에서 수많은 꽃들을 피우고 있겠지요.
 문득, 그 작고도 어여쁜 무궁화꽃이 보고 싶소.

절정

 온몸이 욱신거려 잠을 잘 수가 없소. 흔들리는 기차 안에서는 더욱 그러하오. 차가운 시멘트 바닥보다는 낫지간 묶인 몸이라 이 역시 고문이나 다를 바 없소.

 고문과 폐병으로 내 몸은 망가진 지 오래요. 20일간의 구류생활 동안 고문을 당해 나는 언제 죽어도 이상하지 않을 몸이 되었소. 지금 나를 지탱해 주는 것은 체력이 아니라 정신력이외다.

 고향 ㅁ을인 원촌에 갔을 때, 외사촌 누이인 은이를 찾아갔던 일이 생각나오. 은이는 임시정부의 초대 국무령을 했던 이상룡 선생의 손자며느리로, 한약방을 하는 외삼촌 허발의 딸이오.

 내가 마지막으로 원촌에 갔을 때, 집안 어르신으로부터 은이가 가까운 곳에 살고 있다는 말을 듣고 그 애의 집을 찾아갔었소. 어릴 적 한 번 보았던 사촌누이는 나를 알아보고 눈물을 흘리며 반가워했소.

 아홉 살에 조선을 떠나 머나먼 이국땅으로 이주한 은

이는 파란만장한 삶을 살았소. 은이네 가족 전체가 망명길을 떠났소. 은이의 조부모님(허형 내외)과 부모님(허발 내외), 큰아버지와 큰어머니(허민 내외), 작은아버지와 작은어머니(허규 내외), 오빠 허채와 허현, 허채의 아내, 작은할아버지와 작은할머니(허필 내외), 당숙(허보) 내외, 허형식 그리고 은이까지 모두 열일곱 명이었소.

일행은 깜깜한 어둠 속을 걸어서 김천 부상역에서 기차를 탔소. 이어 추풍령에서 기차를 갈아타고 서울 남대문에 도착한 뒤, 다시 기차를 갈아타고 신의주에 이르렀소. 신의주에 있는 손일민의 집에서 이틀을 머물며 만주에 들어갈 준비를 마쳤소. 배 네 척을 구하고, 소금에 절인 갈치 몇 상자와 생활필수품도 사서 실었소. 만주에서는 소금을 구하기 어려웠기에 소금에 절인 갈치는 보물과도 같은 것이었다고 하오.

이들은 몇 날 며칠을 배 안에서 밥을 해 먹으며 압록강을 거슬러 올라갔소. 반찬은 소금에 절인 갈치와 젓갈이 전부였소.

낮에는 강을 거슬러 올라가다가 밤이 되면 인가 근처에 정박하여 밤을 보냈소. 보름간의 긴 수로 여정을 끝내고 닿은 곳은 회인현 화전이었소. 그때부터는 육로로 가야 했기에 말 스무 필을 세내어 다시 며칠을 이동하여 통화현

다취원에 이르렀소. 그곳에는 미리 망명한 애국지사들의 집이 있어서 일행들은 방 하나를 얻어 10여 일을 기거하였다 하오.

은이네 일가는 다취원에서 첩첩산중으로 들어가 산비탈 토굴 같은 집에 방 두어 칸을 마련하여 그곳에 정착하기로 하였소. 그곳이 길림성 유하현 고산자진 대두자촌이었소. 다른 독립지사들이 그랬듯이 집에 방을 붙이는 방식으로 방을 여러 칸 내고, 산을 개간하여 화전을 일구었소. 은이는 이곳에서 풍토병을 얻어 석 달을 앓았다고 했소. 많은 사람들이 풍토병을 앓아 죽었는데 은이는 천행으로 살았지만 후유증으로 머리카락이 모두 빠졌다고 했소.

화전을 일궜지만 농사가 하루아침에 결실을 내는 것이 아니라 가을에는 먹거리가 없었소. 결국 옷감과 가락지 같은 패물을 팔면서 질긴 목숨을 이어 가야 했소.

수년간의 노력으로 어렵게 대두자촌에 정착했지만 간도로 출병한 일본군의 탄압이 시작되어, 은이네 일가는 정든 땅을 버리고 영안현 철령허로 가게 되었소. 또다시 정착을 위한 수고가 시작된 것이오. 그 무렵, 은이의 나이는 열여섯이 되었소. 혼담이 오가더니 마침내 시집을 가게 되었소.

남편은 이병화로 임시정부 초대 국무령을 지낸 이상룡

선생의 손자요. 혼담이 결정되자 은이는 직접 시댁으로 찾아가야 했소. 꽃가마를 타고 시댁에 가는 것은 나라 잃은 민족에게는 사치에 불과한 것이외다. 은이가 살던 철령허에서 시댁인 완령허까지 2800리 길이외다. 부산에서 신의주까지의 거리는 될 것이오.

혼인 날짜는 1922년 음력 섣달 스무이튿날로 정해졌으니 은이는 먼 길을 찾아가 혼인을 올려야 했소. 어렵게 시집오자마자 그 애는 독립운동가들의 뒤치다꺼리를 해야 했소. 새벽부터 밤까지 밥과 옷을 짓느라 눈코 뜰 새가 없었다 하오.

문중에서 들어오는 돈으로는 조직원들을 먹여 살리는 것도 쉬운 일이 아니었고, 결국 임청각까지 팔아 군자금을 충당했다고 하오. 어떤 날은 국수를 삶다 지쳐 깜빡 잠이 들었다가 끓는 물에 손을 데인 적도 있었다 하오.

흉년일 때는 중국인들이 경영하는 피복공장에서 단춧구멍 만드는 일감을 가져와 부업을 하며 그 돈으로 음식을 마련했다고 했소. 땔감 마련하는 것도 은이의 몫이었소. 시어머니와 시할머니는 양반댁 안주인의 삶을 살았기에 손이 느려서 대개는 은이가 도맡아 해야 했소. 힘들고 어려울 때는 시조부님인 이상룡 선생의 말을 되뇌었다고 하오.

"만주벌판에서 얼어 죽을 각오! 타국 땅에서 굶어 죽을 각오! 마적단에게 맞아 죽을 각오! 이 세 가지 각오가 없다면 어찌 잃은 나라를 되찾을 수 있겠는가?"

만주 독립운동가들의 의지는 강철보다 단단했지만 이상룡 선생의 꿈은 끝내 이뤄지지 않았소. 그분은 길림성 서란현의 소과전자촌에서 향년 75세를 일기로 타계하셨소. 1932년 음력 5월 12일이었소.

이상룡 선생이 돌아가신 후, 은이는 가족들과 함께 조선으로 돌아오게 되었소. 조선으로 돌아오는 길도 쉽지 않은 여정이었소. 길림에서 멀고도 험한 길을 와야 했소. 70여 명이 함께 움직이다 보니 일본군에 쫓기는 중국 군인의 눈에 띄어 봉변을 당한 적도 많았다고 했소. 몇 날 며칠을 걸어 발바닥이 터지고 짓물러 고생하는 이들이 많았소.

시할머니는 온몸이 붓는 습종에 걸려 손자에게 업혀 와야 했고, 아이들은 어른들의 등에 업혔다 내리길 반복하며 쉼 없이 걸어야 했소. 독립군을 소탕하는 간도특설대를 피해야 했고 마적대와 일경의 눈을 피해 야음을 틈타 이동해야 했소.

장장 3개월에 걸쳐서 고향 땅으로 돌아왔으니 행색이 거지꼴이나 다름없었소. 더 기막힌 일은 일본경찰이 이상룡 일가가 도착한다는 소식을 미리 알려 주어 문중에서 대대적으로 마중을 나왔던 것이오. 은이는 그날을 떠올리며 수치스럽고 망신스러운 날이었다고 했소.

일제는 이상룡 일가의 독립운동 실패와 비참한 귀향을 대대적으로 홍보하여 독립운동가들이 결국 실패할 것이라고 선전하고 홍보하고 싶었던 것이오. 그것은 수많은 독립운동가들의 기를 꺾는 일이 아닐 수 없었소.

은이 일가가 안동에 도착했을 때 임청각은 철길이 들어서 있었고, 소유주가 바뀌어 있었소. 더구나 일경의 감시가 심해서 안동에서 10여 리 떨어진 산중으로 들어가게 되었소. 그 많던 집과 전답이 독립운동을 위해 쓰였지만, 남은 것은 불령선인이라는 낙인과 지독한 가난이었소. 은이는 어린아이들과 병든 시부모를 모시고 있었소.

"네가 그동안 고생이 많았구나."

나는 은이를 위로했소.

은이를 만나고 돌아온 날, 나는 이상룡 선생의 삶을 떠올리고 현재의 내 처지를 돌아보았소. 착잡한 마음이 들었소. 내가 하는 이 일이 옳은가 하는 의심이 들기도 했소. 그러다가 이상룡 선생의 말씀을 떠올렸소.

만주벌판에서 얼어 죽을 각오!
타국 땅에서 굶어 죽을 각오!

마적단에게 맞아 죽을 각오!
이 세 가지 각오가 없다면
어찌 잃은 나라를 되찾을 수 있겠는가?

　만주벌판의 추위는 상상을 초월해서 오줌을 누면 곧바로 얼어 버릴 정도요. 그런 추위 속에서 독립운동을 했던 그분들을 생각하니 숙연해졌소. 아무것도 없는 황무지를 개간하며 나라를 되찾기 위해 싸워 왔던 우리 동포들의 노고를 생각하니 부끄러운 마음이 들었소. 그날 밤, 나는 책상머리에 앉아 시 한 편을 썼소.

절정

매운 계절의 채찍에 갈겨
마침내 북방으로 휩쓸려 오다

하늘도 그만 지쳐 끝난 고원
서릿발 칼날 진 그 우에 서다

어데다 무릎을 꿇어야 하나?
한 발 재겨 디딜 곳조차 없다

이러매 눈 감아 생각해 볼 밖에
겨울은 강철로 된 무지갠가 보다.

 생각하니 지금 내 신세가 서릿발 칼날 진 그 위에 서 있는 형국이외다. 자유를 잃고 포박되어 움직일 수도 없는 신세가 되었소이다. 일제는 더욱 단단해지고 강철로 된 무지개마냥 창공에서 선연히 빛나고 있소. 하지만 비가 그치고 해가 뜨면 무지개는 사라지게 마련이오. 그것이 자연의 이치요.
 세상 사람들 가운데 독립운동가들을 어리석다고 조롱하는 사람들이 있소. 독립운동을 하다가 변심한 수많은 변절자들은 독립운동가들을 세상의 흐름을 모르는 사람이라 말하오. 그럼에도 우리가 독립운동을 하는 것은 그들과는 다른 굳은 신념이 있기 때문이오. 조선의 독립에 대한 희망이 있기 때문이오.
 시련은 우릴 더욱 단단하게 만들어 줄 것이외다. 그리고 우리가 희망을 버리지 않는 한 언젠가 광복의 그날은 찾아올 것이오. 비록 자유를 빼앗긴 몸이지만, 나는 그날을 맞이하길 손꼽아 기다리고 있을 것이오.

염마장(閻魔帳)

 깜빡 잠이 들었던 모양이외다. 창밖이 희부연 것이 아침이 찾아오는 모양이오. 아직 잠을 깬 사람이 없는지 기차 안은 고요하고 철길을 달리는 발통(바퀴) 소리만 규칙적으로 들리오. 차창에 성에가 가득하여 여기가 어딘지 알 수 없구려.

 나는 요즘 숨을 쉬기가 어렵소. 폐병이 깊어져서 골수에 파고든 모양이외다. 폐병 때문에 나는 곧 죽을 사람처럼 시퍼런 얼굴을 하고 있소. 그래서 형사도 나에게 전처럼 심한 고문을 하지는 않소. 저도 곧 죽을 사람에게 죽을 고문을 하는 것이 마뜩찮았나 보오.

 죽은 후의 세상이 있다면 나는 염라대왕 앞에서 심판을 받게 될 것이외다. 염라대왕은 명경대 앞에서 내 죄상이 적힌 염마장을 펼쳐 나의 죄를 물을 것이오. 염마장은 염라대왕 앞에 있다는 책으로 망자가 생전에 지은 죄상을 적어 둔다고 하오. 현실에서 나의 죄는 일제에 저항한 것밖에 없고 평생 양심에 꺼릴 것 없이 살았으니 염라대왕이 무서울 것도 없소이다.

 문단에서는 얼마 전부터 염마장에 대한 이야기가 파다하게 떠돌았소. 글로써 저항하는 문인들을 잡아들이기 위해 총독부가 염마장을 만들었다는 것이오. 형사들이 비밀리에 조사하여 문인들의 죄상을 기록했다고 하오.

 그 일로 적지 않은 문인들이 펜을 꺾고 시골로 숨어들었소. 시인들은 붓을 꺾고 소설가들은 침묵을 지키고, 그리고 흩어졌소.

 이 모든 것은 일본이 일으킨 전쟁 때문이오. 일본은 침략자의 본성이 가득한 민족이외다. 조선을 식민지로 만들더니 만주국을 세우고 중일전쟁을 일으켜 중국을 침략하였소. 북경과 천진, 상해, 남경까지 차례로 함락시키며 욱일기를 꽂았소. 남경에서 그들이 저지른 학살은 악마와도 같이 잔학한 짓이었소. 수십만이 넘는 중국인들이 일본의 칼날 아래에 어육이 되었소.

 미국은 이런 일본의 침략 행태에 제동을 걸었소. 미국이 경제제재를 시작하자 일본은 분을 참지 못하고 1941년 12월 진주만을 기습하였소. 기습은 간교한 일본의 전유물이외다. 먼 옛날 임진왜란도 이른 새벽, 부산포를 기습하며 시작되었소. 상대방의 뒤통수를 치는 것이 일본의 습성이외다.

일본은 미국을 상대로 한 태평양전쟁이 시작되자 물자가 바닥났고, 그 여파는 우리 백성들에게 미치기 시작했소. 그들은 부족한 물자를 메우기 위해 조선의 물자를 샅샅이 털어 갔소. 총과 칼을 만들기 위해 밥그릇과 숟가락까지 징발했고, 부족한 기름을 충당하기 위해 소나무에 생채기를 내어 송진까지 약탈해 갔소. 젊은 남자들은 군대로, 나이 든 남자들은 징용하여 탄광으로, 여자들은 군수품을 만드는 공장으로 끌고 갔소.

변절한 문인들은 이에 장단을 맞추어 신문지상에 일왕을 위해 싸우자는 격문을 올리고, 지방의 유지들은 비행기를 만들어 달라고 현금을 하는 등의 일이 비일비재하게 일어났소. 이러한 시국이니 자유로운 상거래가 이루어질 수 없어서 백성들의 삶은 더욱 곤궁해졌소. 일본도 사정은 마찬가지라 배급제를 실시하여 물자를 통제하였소.

문인들 중에는 애주가가 많은데 술을 구하는 것이 어려워지자 주부들이 직접 빚은 가양주로 해결해야 했소. 일제는 그도 마뜩찮았는지 집에서 술을 빚는 것을 금지하고 양조장에서만 만들도록 허가했소. 세금을 뜯어내려는 구실이었던 것이오.

순사들이 불시에 들이닥쳐 가양주를 찾아내어 행패를 부리는 일들이 허다하였소. 그 때문에 가양주를 빚는 집이 점점 줄어들었고 양조장이 호황을 누렸소.

일제는 우리 민족이 하는 모든 일에 염마장을 들이대며 핍박하였소. 언론에 대한 핍박도 극에 달해서 1940년 8월에는 『조선일보』와 『동아일보』가 폐간되었소. 일제에 협조하는 언론인들과 문인들만 살아남아 조선은 점점 친일파들의 천국이 되어 갔소.

나는 태평양전쟁의 전황에 촉각을 곤두세웠소. 파죽지세로 나아가던 일본의 기세는 태평양전쟁이 계속되면서 점점 기울어 가는 것 같았소. 그러지 않고서야 일제가 숟가락까지 약탈할 리 없지 않겠소.

상대는 강대국인 미국이오. 나는 처음부터 일본이 미국의 상대가 되지 않을 것이라 예측했소. 미국은 자원이 풍부하고 과학기술이 발달한 곳이오. 미국에 다녀온 사람의 말에 의하면 미국은 엄청나게 거대한 땅을 가지고 있는 대국이기에 자원이 없는 일본과 비교할 바가 아니라고 했소. 더구나 일본은 중국과도 싸워야 하오. 거대한 두 나라를 일본이 상대하긴 어려울 것이오. 나는 머지않은 장래에 일본이 패망할 것이라 예상하오. 그래서 나는 일제에게 염마장을 보내기로 마음먹었소. 내가 북경으로 갔던 것은 그 때문이었소.

아무것도 하지 않으면 아무 일도 일어나지 않는 법이

오. 변화는 행동에서 비롯된다는 것을 나는 누구보다 잘 알고 있소. 나는 옛날 장진홍의 의거를 떠올렸소. 지금은 성능이 더 좋은 폭탄들이 많고, 내 인맥으로 폭탄을 구하는 것은 어려운 일이 아니오. 고성능 폭탄을 국내로 가져오는 일은 쉽지 않지만, 방법이 아예 없지는 않았소.

나는 북경으로 가 그곳에서 활동 중인 동지들을 만났소. 그들은 군사간부학교 출신들이오. 나는 글을 쓰는 중간에도 비밀리에 그들과 소통하고 있었는데, 일제의 감시와 통제가 심해지자 이들은 경찰을 피해 북경으로 이동했던 것이오.

나는 그들에게 내 의도를 말하고 폭탄을 반입하여 국내에서 소요를 일으키기로 약속하였소. 하지만 중간에 정보가 샜는지 나는 그들과 접선하기도 전에 동대문경찰서 형사대와 헌병대에 체포되고 말았소. 내가 이런 신세가 되리라고는 털끝만큼도 생각해 본 적이 없소.

북경을 다녀온 후 원촌마을에 갔던 나는, 늦가을 서울로 돌아왔소. 그날 나는 친한 문인들과 술자리 약속까지 했소. 오랫동안 보지 못했던 석초와 만날 생각에 마음이 부풀었지만 불시에 나타난 방해자들로 기대감은 산산이 깨어지고 말았소.

나는 지금 그 사건으로 북경으로 가고 있소. 일제에게

염마장을 주려 했지만 도리어 내가 염마장을 받게 되었구려.

아! 인생은 정말 알 수 없는 것이외다.

파초

뿌뿌우우우—

기차가 기적 소리를 내고 있소. 머지않아 정차할 모양이구려. 기차가 점점 느려지오.

끼이이이—

기차는 길게 신음을 내며 멈추오. 맞은편에 앉아 있던 경관이 몸을 일으키며 나에게 말했소.

"신의주다, 내려."

어느새 신의주에 도착한 모양이오. 신의주는 이 열차의 종점이외다. 압록강의 끄트머리에 있어 강을 건너면 안동으로 갈 수 있소.

안동에서 봉천까지는 안봉선 기차로 갈아타서 가오. 이곳은 국경이기에 세관원의 검문을 받은 후에야 기차를 탈 수 있소. 나는 이곳에서 수많은 검문을 받았소. 세관원들은 호주머니까지 탈탈 털면서 검문을 했소. 세관의 검문 때문에 이곳에서 검거되는 사람들이 적지 않소. 무기를 반입하기는 더욱 쉽지 않은 일이오. 그래서 독립지사들은 밀항하는 경우가 많았소.

　나는 죄인의 신분이기에 검문을 받지 않고 역사에 들어왔소. 이곳에서 검문을 당하지 않은 것은 내 생에서 이번이 유일하오.

　야속하지만 불쾌한 결과가 신변에 일어났을 때 사람들은 그것을 횡액이라고 하오. 횡액을 피하려고 무진무진 애를 쓰는 것이 보통이지만, 한 사람도 예외 없이 횡액의 연속선에서 방황하게 되오. 어쩌면 이것이 인간에게 주어진 야속한 신의 선물일지도 모르겠소.

　중국의 노신은 병이 든 까닭에 다른 사람들의 주목을 끌게 되었다고 수필집에 쓴 적이 있소. 나 역시 죄인이 되어 세관원의 검문을 피해 횡액 가운데 한 가지 효용을 얻었으니, 그와 비슷하다 하겠소. 생각하니 웃음이 절로 나오는구려.

　"먹어라."

　경관이 아침으로 주먹밥을 내밀었지만 나는 먹고 싶은 마음이 없었소. 하지만 머리에 쓰고 있는 용수를 벗을 유일한 기회이므로 주먹밥을 손에 쥔 채 우두커니 앉아 있었소.

　창밖으로 보이는 역사 안에는 수많은 사람이 바삐 움직이고 있소. 봇짐을 든 아녀자도 보이고 가방을 든 신사도 보이오. 모두가 바삐 움직이고 있는데 나만 멈춰 있는 듯하오. 흘러가는 시간 속에 내 시간만 멈춘 듯하오.

벽에 걸린 거울에 내 모습이 보이오. 회색 수의를 입은 나는 앙상한 얼굴을 하고 무표정하게 자신을 바라보고 있소. 세수를 하지 못한 꾀죄죄한 얼굴에 머리는 감지 않아 헝클어져 있소. 앙상한 광대뼈가 드러난 내 얼굴을 보니 사무실 구석에서 죽어 가는 파초 같구려.

파초

항상 앓는 나의 숨결이 오늘은
해월(海月)처럼 게을러 은빛 물결에 뜨나니

파초 너의 푸른 옷깃을 들어
이닳 타는 입술을 축여 주렴

그 옛적 사라센의 마지막 날엔
기약 없이 흩어진 두 날 넋이었어라

젊은 여인들의 잡아 못 논 소매 끝엔
고흔 손금조차 아직 꿈을 짜는데

먼 성좌와 새로운 꽃들을 볼 때마다
잊었던 계절을 몇 번 눈 우에 그렸느뇨

차라리 천년 뒤 이 가을밤 나와 함께
빗소리는 얼마나 긴가 재어 보자

그리고 새벽하늘 어데 무지개 서면
무지개 밟고 다시 끝없이 헤어지세

신조선사의 사무실 구석에 파초 한 그루가 있었소. 본래 파초는 선비들의 문인화나 기명절지도에 자주 등장하는, 잎이 넓고 푸른 열대식물이외다.

파초는 선비들이 좋아하는 식물이오. 옛날 회소라는 당나라 승려는 집안이 가난하여 종이 살 돈이 없어 파초잎에 붓글씨 연습을 했다던데, 그렇게 가난한 처지에도 정진하는 모습이 선비들의 이상과 닿아 있어서 좋아했던 모양이오.

파초는 정원에 심어 놓고 푸르고 싱싱한 잎을 감상하기도 좋고 잎 위에 빗방울 떨어지는 소리를 듣기도 좋은 식물이오. 여름에는 싱싱한 잎을 뽐내어 사랑을 받지만 본래 열대식물이라 우리나라 기후에서는 겨울이면 죽어 버리기 일쑤였소.

파초는 죽을 때가 되면 잎이 활짝 피어 벌어지오. 그것은 죽을 때가 다 되어 간다는 신호외다. 잎이 확 피어 벌어지면 파초는 점점 말라 마른 잎을 떨어뜨리며 가련하게 죽어 가오.

나는 죽어 가는 파초를 바라보며 이 시를 지었소. 그런데 이제 거울을 보니 지금 나의 모습이 죽어 가는 파초와도 같구려.

나는 그 옛날 왜적에게 쫓겨 의주로 도망쳐 온 선조처럼 주먹밥 하나를 들고 가련한 모습으로 앉아 있소. 내 신세가 처량하구려. 당가진 내 몰골을 스스로 보기 어려우니 아무래도 용수를 쓰는 것이 나을 것 같소.

강 건너간 노래

 기차는 사람들을 싣고 중국을 향해 가고 있소. 압록강을 건너면 중국 땅이오. 사람들이 들뜬 것처럼 수런거리는 것을 보니 기차가 압록강을 건너는 모양이오.
 용수 밖으로 보이는 차창 너머로 넓은 압록강이 보이오. 넓고도 푸른 압록강은 언제나 그 자리에서 유유히 흐르고 있소.
 나는 수없이 압록강 철교를 건넜소. 그땐 분명한 목적이 있었소. 나보다 이전에 이 강을 건넜던 수많은 조선인과 같은 목적이었소. 일제에 빼앗긴 나라를 되찾기 위해 압록강을 건너갔던 수많은 사람의 눈물겨운 이야기를 들으면서 「강 건너간 노래」는 만들어졌소.

강 건너간 노래

 섣달에도 보름께 달 밝은 밤

앞내강(江) 쨍쨍 얼어 조이던 밤에
내가 부른 노래는 강 건너갔소.

강 건너 하늘 끝에 사막도 닿은 곳
내 노래는 제비같이 날아서 갔소.

못 잊을 계집애 집조차 없다기에
가기는 갔지만 어린 날개 지치면
그만 어느 모래불에 떨어져 타서 죽겠죠.

사막은 끝없이 푸른 하늘이 덮여
눈물 먹은 별들이 조상(弔喪) 오는 밤.

밤은 옛일을 무지개보다 곱게 짜내나니
한 가락 여기 두고 또 한 가락 어데멘가
내가 부른 노래는 그 밤에 강 건너갔소.

이 시는 꽁꽁 언 압록강을 건너가던 조선 사람들을 생각하고 쓴 것이오. 이상룡, 김대락, 허발 같은 어른들뿐만 아니라 사촌누이 은이 같은 어린아이도 부모의 손을 잡고 꽁꽁 언 압록강을 건넜을 거외다. 그들은 분명한 목적이 있었소.

  내가 기차를 타고 압록강을 건널 때도 그들과 목적이 같았소. 그땐 분명한 목적이 있었지만, 나는 지금 목적 없이 끌려가고 있소. 하지만 지금, 나는 목적이 없되 그들은 목적이 있을 것이외다.

  아! 이제 생각하니 그들이 나를 북경으로 데려가는 이유를 알 것 같소.

  그들은 나를 이 땅과 격리할 모양이오. 내가 이 땅에 사는 것이 죽기보다 싫은가 보오. 아마도 내가 죽을 때까지 독립운동을 멈추지 않을 것임을 그들도 짐작한 것 같소.

  이 기차는 봉천에서 멈출 것이고, 그곳에서 기차를 갈아타고 북경으로 갈 것이오. 봉천은 내 마지막 기착지외다.

  아! 목적지가 점점 가까워지는구려. 내 인생의 종착역이 가까워지고 있소. 아무래도 나는 북경에서 죽을 것 같소.

  멀리 떨어진 타향에서 누가 내 시신을 거둬 줄 수 있겠소? 어두운 감방 안에서 차갑게 식어 가는 내 모습을 떠올려 보오. 동태 같은 눈빛으로 통나무처럼 굳어 가겠지요.

  아! 슬픔이 심장을 파고들어 가슴이 아리구려.

서풍(西風)

새벽 구름 아래 보라
멀리 바라보이는 산천
위풍당당한 황예의 무력
동맹국 사람들 편안하다
영광 충만한 관동군

흥안령 아래 광야를 보라
조상들 호국의 영(靈) 되어
이제 동포의 생명을
정의에 맡기는 신천지
앞장에 선 관동군

관동군의 군가가 떠들썩하게 들리는 것을 보니 열차에 군인들이 탄 모양이오. 침략자의 노랫말이 오늘따라 더욱 역겹게 들리오. 일제의 군가는 하나같이 전쟁을 미화하고 있소. 마치 자신의 나라를 지키는 듯이 노래하지만, 사실은 침략을 정당화하는 노래요, 약탈의 노래요, 야만의 노래외다.

저들은 관동군인 모양이오. 관동군은 기차를 타고 봉천에서 만주나 길림으로 가게 될 것이오. 그들이 가는 길은 죽음의 길이오.

군인들 가운데에는 대한의 남아도 있을 것이오. 그들은 평안도에서 강제 징집된 젊은이들이오. 죄 없는 대한의 젊은이들이 일본을 위해 싸우는 현실이 씁쓸하외다.

일본은 끝없이 이웃 나라를 침략할 테지만 머지않아 서쪽에서 바람이 불어올 것이오. 거대한 서풍은 일본군대를 쓸어버릴 것이외다.

서풍(西風)

서릿빛을 함북 띠고
하늘 끝없이 푸른 데서 왔다.

강(江)바닥에 깔려 있다가
갈대꽃 하얀 우를 스쳐서.

장사(壯士)의 큰 칼집에 스며서는

귀향 가는 손의 돛대도 불어 주고.

젊은 과부의 뺨도 희던 날
대밭에 벌레 소릴 가꾸어 놓고.

회한을 사시나무 잎처럼 흔드는
네 도면 불길할 것 같아 좋아라.

「서풍」은 일본군과 싸우고 있는 연합군을 갈하오. 올해 나는 북경에서 『매일신보』 지사장인 백철을 우연히 만났소. 중산공원에서 의열단원을 만나고 돌아가는 길이었소.

백철은 『매일신보』의 북경 특파원이자 지사장이라 해외 사정을 잘 알았소. 태평양전쟁이 확전되는 추세였소. 영국과 네덜란드, 호주는 이미 몇 년 전부터 미국에 합세해서 일본을 상대해 왔다고 하오.

개전 초기에는 일본이 기세를 드높이며 차례로 태평양의 여러 지역을 함락했지만 1년 만에 전세가 바뀌었던 거요. 연합군은 거대한 항공모함을 움직여 인도양의 일본군을 궤멸시키고 일본을 향해 다가오고 있었소. 항공모함은 비행기도 실려 있는 거대한 배로 전력이 막강하다 했소.

연합군은 일본의 숨통을 조이고 있었소. 아마도 그런 이유 때문에 일본이 징병제를 실시한 것일 게요.

일본은 대한의 청년들도 전쟁터로 끌고 갔소. 그들은 광활한 만주벌판에서 혹은 머나먼 태평양의 바다와 이름 모를 섬에서 우리와 관계도 없는 일본을 위해 죽어 갈 것이오. 듣기로는 여자들도 끌고 가서 군인들의 노리개로 만든다고 했소. 위안부니 정신대니 하는 명칭으로 불린다고 하는데 이것이 사실이라면 참으로 천인공노할 일이 아닐 수 없소. 어쨌든 전황은 점점 일본에게 불리하게 흘러가고 있는 듯하오.

시국이 그렇게 흘러가자 여러 갈래로 나뉘었던 독립운동 단체들도 하나로 뭉치는 분위기가 조성되고 있었소.

1941년 12월, 김구는 대한민국 임시정부의 이름으로 대일 선전포고를 감행했소. 이에 독립운동 지사들은 단일대오를 이뤄 임전태세에 들어갔소. 내가 몸담은 의열단도 이 흐름에 맞추어 국내에서 소요사건을 일으킬 작정이었소. 북경으로 내가 들어간 것은 무기를 들여와 안팎으로 내홍을 일으키기 위해서였소. 나는 비록 뜻을 이루지 못하고 사로잡히는 몸이 되었지만, 내가 아니라도 때가 되면 국내에서 큰 사건이 일어날 것이오.

하늘이 있다면 일본은 천벌을 받을 것이오. 일본은 반

드시 망하고 말 것이오. 지금 서풍은 솔로몬제도와 뉴기니를 함락하고 동쪽을 향해 진군 중이라 하오.

서풍이 언제쯤 한반도에 불어올지 알 수 없으나, 나는 오늘도 하염없이 서풍을 기다리오.

내가 살아 있는 동안에 서풍이 오긴 하겠소? 알 수 없는 일이외다.

노정기(路程記)

기차는 봉천을 향해 쉼 없이 달려가고 있소. 몸이 물먹은 솜처럼 무겁지만 잠은 오지 않고 옛 기억만 생생히 떠오르오.

사람은 죽기 전에 자신의 인생이 주마등처럼 스쳐 지나간다는데 나는 기차에서 지난 인생을 돌아보게 되는구려. 나는 살아온 나날을 되돌아보며 「노정기」라는 시를 쓴 적이 있소.

노정기

목숨이란 마치 깨어진 배 조각
여기저기 흩어져 마을이 구죽죽한 어촌보다 어설프고
삶의 티끌만 오래 묵은 포범(布帆)처럼 달아매였다.

남들은 기뻤다는 젊은 날이었건만

밤마다 내 꿈은 서해를 밀항하는 정크와 같아
소금에 절고 조수(潮水)에 부풀어 올랐다.

항상 흐릿한 밤 암초를 벗어나면 태풍과 싸워 가고
전설에 읽어 본 산호도(珊瑚島)는 구경도 못 하는
그곳은 남십자성(南十字星)이 비쳐 주도 않았다.

쫓기는 마음! 지친 몸이길래
그리운 지평선을 한숨에 기오르면
시궁치는 열대식물처럼 발목을 오여 쌌다-.

새뽀 밀물에 밀려온 거미인 양
다 삭아 빠진 소라 깍질에 나는 붙어 왔다.
머―ㄴ 항구의 노정(路程)에 흘러간 생활을 들여다보며

  이 시는 1937년, 『자오선』에 발표된 것이오. 상해 항구에 있는 작은 여관방에서 쓴 시요. 산다는 건 어려운 일이오. 야만의 시대에, 자유를 빼앗기고 무엇 하나 내 맘대로 하기 어려운 일제 치하에서 신념을 지키며 산다는 것은 더욱 어려운 일이오.
  젊은 시절 나는 무척 바쁘게 뛰어다녔소. 기자 생활을

하면서 독립운동을 위해 중국 전역을 돌아다녔소. 연해주, 봉천, 북경, 상해, 남경 등등, 나는 밀항하는 정크 어선처럼 일경의 감시를 피해 다녀야 했소. 항상 쫓기는 마음이었고, 늦은 밤이면 지친 몸으로 쓰러져 잠이 들었소. 나는 삭아 빠진 소라 껍데기에 붙어 온 거미 같았소.

나는 「노정기」에서 스스로를 거미라고 칭했소. 그 이유를 아시오?

우리 고장 풍속에 아침 일찍 기어 나오는 거미를 보면 그날 반가운 소식을 듣는다고 하오. 어머니는 우리 형제들 가운데 누가 여행을 하거나 객지에 있을 때면 거미가 기어 나오기만을 기다리셨다고 하셨소. 나이가 들어 아들들이 장성해도 늙은 어머니는 항상 거미가 기어 나오기만 기다리셨소. 아들을 걱정한 어머니 마음이 거미에 투영되었다는 것을 알았을 때, 나는 어머니께 효도하지 못한 것이 송구하였소.

그 후 어머님에 대한 미안한 마음이 들 때마다 말없이 담배를 피워 물었소. 덕분에 담배를 많이 알게 되었소. 장수연(張秀煙), 희연(囍煙), 마코(앵무새), 단풍, 해태. 종류도 여러 가지였소. 마코는 5전짜리 동전 하나면 살 수 있는 담배였기에 내가 즐겨 피웠소.

글을 쓸 때는 담배를 피우면 집중이 잘되고 글이 잘 써

져서 평소에도 입에 달고 살게 되었소. 나에게 담배는 이태백의 술과 같소. 담배를 피우면 입술을 조붓하게 오므리고 연기를 천정으로 곱게 불어 올리듯 하였소. 천정에 갠 날의 무지개를 그렸던 것이오. 내가 폐병이 난 데도 나의 이런 습관이 한몫했을 거요.

내가 해외로 떠나지 않았을 때는 글 쓰는 일로 바빠 효도하지 못했고, 국내에 있을 때도 폐병이 나서 요양하느라 기회를 놓쳤소. 결국 어머니는 내 효도를 받아 보지도 못하고 아버지가 돌아가신 이듬해에 돌아가셨소.

어머니가 돌아가셨을 때, 나는 비통한 마음에 피를 토하며 울었소. '나무는 고요하고자 하나 바람이 그치지 않고, 자식은 봉양하고자 하나 부모는 기다려 주지 않는다'고 했는데 내가 그것을 깨달았을 때 어머니는 이미 돌아가시고 없었소.

어머니는 나를 기다려 주지 않았소. 아! 나는 불효자요. 돌아가신 어머니를 생각하니 눈물이 왈칵 쏟아지오. 손이 묶여 있어 눈물을 닦을 수도 없구려. 그저 어머니께 미안하고 죄송한 마음뿐이외다.

어머니는 좋은 곳으로 가셨을 테지요? 오늘따라 담배가 무척 생각나는구려.

남한산성

이른 아침에 출발한 기차가 벌써 봉천에 도착했소. 봉천은 과거 심양으로 불리던 곳으로, 청나라의 시조 누르하치가 세웠던 후금의 도읍이었소. 후금의 옛 궁전이 남아 있는 유서 깊은 도시는 일본의 수중으로 들어간 지 오래되었소.

나는 온몸이 꽁꽁 묶인 채 플랫폼 의자에 앉아 북경으로 가는 기차를 기다리고 있소.

신의주에서 봉천까지 얼마 걸리지 않은 것 같소. 처음 가는 길은 멀게만 느껴지는 법인데 많이 와 본 길이라 시간이 짧게 느껴진 것인지도 모르오. 하긴 신의주에서 곧게 난 철길을 따라 올라오면 되니 시간이 오래 걸릴 것도 없겠소. 기차는 산을 뚫고 물에 다리를 놓아 거칠 것이 없으니 말이오.

산해관 이북의 지역은 상해나 남경과는 다르게 산이 많은 지역이오. 상해에서 항주까지는 산 하나 없는 망망한 대지외다. 눈을 씻고 보아도 산 하나 보이지 않는 광활

한 평원이오. 몇 날 며칠을 가다가 만나게 되는 산은 어마어마하게 거대하오. 우리나라의 산과 비교되지 않을 정도로 거대한 산을 만나게 되오. 끝없이 펼쳐진 대지와 엄청난 규모의 산을 보면 옛날 사신들이 중국을 '대국(大國)'이라 불렀던 이유를 짐작할 수 있소.

어릴 적 내가 살던 고향은 산이 많은 동네라 눈에 보이는 것이 산이었소. 눈을 오른쪽으로 돌려도 왼쪽으로 돌려도 보이는 것은 온통 산이외다. 영천이나 대구, 청도 같은 경상도 지역도 산이 많긴 마찬가지였소.

나는 조선 땅의 모든 지역이 그런 줄로만 알았소. 그러던 나는 언젠가 군산에 놀러 갔을 때 오로지 넓은 들판이 지평선을 이루던 광경에 무척이나 놀랐소. 그곳은 곡창지대라 눈이 내리는 겨울에도 탈곡한다고 하오. 나는 우리나라가 넓다는 것을 그제야 깨달았소.

전라도는 바다가 가까워 해산물도 풍부하니 음식의 가짓수가 많았소. 이곳에 터를 잡은 양반들은 아무리 써도 끝이 없을 정도의 소출에 돈을 물 쓰듯이 써 왔소. 그 덕에 판소리 같은 예기(藝技)가 발달하여 예향(藝鄕)으로 불린다고 하니, 한 지방의 특색은 자연경관이 좌지우지하는 게요.

그렇게 보자면 내가 살았던 지역은 산이 많고 경작할

토지는 적어서, 큰 부자가 되기는 어렵고 오로지 과거에 급제해야 기회를 얻을 수 있었소. 안동 지역에 벼슬한 이들이 많은 것은 그런 지리적 이유 때문일 것이오.

압록강 너머 안동 일대는 과거 고구려가 웅거하던 곳이라 곳곳에 산이 많고 산성 또한 많은 지역이오.

고구려의 수도인 국내성이 있던 집안(통구)은 작은 동네라서 이런 곳이 도읍이라는 것이 오히려 믿기지 않았소. 하지만 방어에서는 탁월한 지형적 이점이 있어서 전쟁이 일어나면 길의 좌우에 있는 산성에 매복해 있다 평야로 진군하는 군대를 섬멸하기에 좋았소.

과거 중국 천하를 손아귀에 넣었던 수나라는 고구려를 정벌하려 하였다가 몰살하고 말았으니, 이것이 산해관이 과거에 '귀곡관'이라는 이름으로 불리던 이유외다.

수나라는 고구려와의 전쟁에서 패하면서 몰락하고 수나라의 뒤를 이어 당나라가 들어섰소. 당 태종이 안시성에서 양만춘의 화살에 눈을 맞고 피눈물을 흘리며 물러났다는 이야기는 어릴 적 책에서 본 바가 있소. 하지만 그렇게 강력한 고구려도 내분 때문에 끝내 멸망하고 말았으니 외부의 적보다는 내부의 적이 무섭다는 것은 고구려의 역사에서도 드러나는 진리외다.

대한제국도 을사오적이 이토 히로부미에게 나라를 갖

다 바친 것이나 다름없으니, 이 얼마나 애통하고 비통한 일이오.

강한 힘을 가진 나라가 약한 나라를 침략하여 자원을 강탈하는 야만의 시대는 정상적인 세상이 아니오. 나라를 팔아먹은 매국노들이 떵떵거리며 살아가는 나라 또한 정상적인 나라가 아니오. 짐승은 먹이를 위해 목숨을 걸고, 사람은 부귀를 위해 목숨을 건다지만 부귀영화를 위해 국가와 민족을 팔아먹는 매국노들이 잘사는 나라는 올바른 나라가 아니외다.

언젠가 남한산성을 찾아갔을 때가 생각나오. 남한산성은 병자호란과 삼전도의 치욕이 아로새겨진 곳이오.

누르하치가 이곳 봉천에서 흥기하고 그 아들 홍타이지가 청나라를 세우는 동안 조선은 왕의 자리를 놓고 다투기에 바빴소. 신하들은 한 줌도 안 되는 부귀를 위해 당파를 갈라 싸웠소. 그동안 청나라는 명나라를 멸망시키고 중원을 차지했소.

조선의 왕과 신하들은 세상의 흐름을 읽지 못한 우물 속의 개구리들이었소. 그들은 망한 명나라의 그림자를 붙잡고 청나라에 저항했고, 병자호란이란 결과를 낳았소. 조선의 국토는 청나라 대군에 짓밟히고 백성들은 유린당하여 또다시 나락으로 떨어지고 말았소.

남한산성으로 도망친 인조는 포위된 신세였소. 가지고 있는 곡식이 떨어져 백성들은 굶어 죽기 직전이었소. 결국, 인조는 추위와 주림을 견뎌 내지 못하고 항복하여 삼전도에서 치욕을 당하게 되었으니, 역사는 윤회하듯 돌고 도는 것인지도 모르겠소.

대한제국이 일제의 식민지가 된 것도 이와 다르지 않소. 세상의 흐름을 읽지 못하고 뒤처지면 망국의 국민이 되어 설움과 멸시를 받으며 살게 되는 것이오. 나는 멀고 먼 북방, 누르하치의 고도에서 치욕의 남한산성을 그려 보오.

남한산성

넌 제왕(帝王)에 길들인 교룡(蛟龍)
화석 되는 마음에 이끼가 끼어

승천하는 꿈을 길러준 열수(洌水)
목이 째지라 울어 예가도

저녁 놀빛을 걷어 올리고
어데 비바람 있음 직도 않아라.

뿌우우우—

저기 기차가 기적 소리를 울리며 오고 있소. 나를 태우고 북경으로 갈 기차외다. 굴뚝에서 시커먼 연기를 내뿜으며 다가오는 검은색 기차가 저승사자처럼 느껴지는 것은 나만의 생각일 거외다. 왠지 온몸이 으슬으슬해지오. 하지만 나는 죽음이 두렵지 않소. 나는 두렵고 겁이 날 때면 향산 어르신의 시를 떠올리오.

    胸中薰血盡 흉중훈혈진
    가슴 속의 비릿한 피 다하니

    此心更虛明 차심갱허명
    이 마음 다시 텅 비어 밝아지네

    明日生羽翰 명일생우한
    내일이면 양어깨에 날개가 돋아

    逍遙上玉京 소요상옥경
    옥경에 올라가 소요하리라

내가 죽으면 내 양어깨에 날개가 돋아날 것이오. 나는 하늘 높이 올라가 미지의 세상에 도착할 것이오. 그곳에서 나는 보고 싶은 사람을 만날 것이외다. 할아버지와 부모님과 내 형제를 만날 것이외다. 나는 죽음이 두렵지 않소.

    나는 지금, 두근거리는 마음으로 기차를 기다리오.

한 개의 별을 노래하자

저녁 두렵이면 기차는 북경에 도착할 것이오. 내 여정의 종착역이외다. 아마도, 내 인생의 종착역이 될 것만 같은 느낌이 드오.

사람들은 무언가 소망할 때, 기도를 하오. 기독교를 믿는 사람은 예수에게 기도하고, 불교를 믿는 사람은 부처에게 기도하오. 저마다 소망하는 마음을 가득 담아 절대자인 신에게 기도하오.

나는 신자가 아니라서 어디에서 기도를 해 본 적이 없소. 병으로 옥룡암에 머물 때 주지 스님과 이런저런 이야기를 나누어 보았지만, 부처님의 가르침도 내겐 살갑게 다가오지 않았소. 천주교나 기독교도 시간을 낼 수 없는 내게는 적합하지 않았소. 그렇다고 소원을 비는 대상이 하나도 없는 것은 아니오.

나는 어릴 적부터 밤하늘의 별에 소원을 빌곤 했소.

곰곰이 따져 보면 내가 서너 살쯤 되던 때부터인 것 같소. 그해 가을, 우리 동리에는 무슨 큰 변이 나서 모두 산중이나 자기 집 선영이나 농장이 있는 곳으로 피난을 하게 되었소.

나는 어려서 어머니 등에 업혀 피난을 갔는데, 지금 생각하면 그것이 내 평생 중 첫 여행인 듯도 하오. 그것이 군대 해산과 고종의 강제 퇴위에 반발하여 전국적으로 일어난 정미의병(1907년) 때문이라는 것을 알게 된 것은 성인이 된 후였소.

일본군이 의병들을 토벌한다는 구실로 예안 마을 곳곳에 불을 놓고 사람을 죽였는데, 퇴계 선생의 집과 용수사 등 이름 있는 예안의 고택들이 재가 되어 사라졌소. 그 난리통에 마을 사람들은 화를 피하여 산중으로 숨어들었던 것이오.

나는 그때 어머니의 등에 업혀 밤을 지새게 되었는데 밤하늘의 수많은 별들이 나에게 다가오는 것 같았소. 하늘의 별이 어머니의 품처럼 따뜻하고 사랑스러웠소.

또 생각해 보면 내가 별을 좋아하게 된 데는 할아버지의 공이 제일 크다고 할 수 있소. 할아버지는 별빛이 가득한 밤이 찾아오면 우리 형제들을 사랑마루에 불러 앉히고 손가락으로 별들의 이름을 가르쳐 주셨소. 저 별은 문창성이고, 저 별은 남극노인성이고, 또 저 별은 삼태성이고, 저 별은 자미성이니 치우기성이니 하며 별 속에 숨겨진 재미난 이야기를 들려주셨소.

어린 마음에 나는 달에 항아 선녀와 옥토끼가 살고 있고, 남극노인성에는 수명을 관장하는 수성노인이 있어서 운 좋게 만난다면 동방삭처럼 장수할 수 있다는 이야기를 진심으로 믿었소.

맑게 갠 밤에 마당에서 하늘을 바라보면 달이 손아귀에 잡힐 것도 같고, 하늘을 흐르듯이 지나가는 은하수에 세수를 할 수 있을 것 같아서 나는 어릴 적부터 밤하늘의 별을 보길 좋아하였소.

성인이 되어서는 어린 시절보다는 못하였지만 틈이 나면 밤하늘을 바라보았소. 도시는 불빛이 많아서인지 시골의 별빛보다는 아주 흐릿하였소. 하지만 나는 기쁠 때나 슬플 때나 별이 가득한 하늘을 바라보며 마음의 위안으로 삼았소. 그런 연유들 거외다. 나는 하늘에 가득한 별을 바라보며 한 편의 시를 썼소.

한 개의 별을 노래하자

한 개의 별을 노래하자 꼭 한 개의 별을
십이성좌 그 숱한 별을 어찌나 노래하겠니

꼭 한 개의 별! 아침 날 때 보고 저녁 들 때도 보는 별
우리들과 아-주 친하고 그중 빛나는 별을 노래하자
아름다운 미래를 꾸며 볼 동방의 큰 별을 가지자

한 개의 별을 가지는 건 한 개의 지구를 갖는 것
아롱진 설움밖에 잃을 것도 없는 낡은 이 땅에서
한 개의 새로운 지구를 차지할 오는 날의 기쁜 노래를
목 안에 핏대를 올려 가며 마음껏 불러 보자

처녀의 눈동자를 느끼며 돌아가는 군수야업(軍需夜業)의 젊은 동무들
푸른 샘을 그리는 고달픈 사막의 행상대도 마음을 축여라
화전(火田)에 돌을 줍는 백성들도 옥야천리(沃野千里)를 차지하자

다 같이 제멋에 알맞은 풍양(豊穰)한 지구의 주재자(主宰者)로
임자 없는 한 개의 별을 가질 노래를 부르자

한 개의 별 한 개의 지구 단단히 다져진 그 땅 우에
모든 생산의 씨를 우리의 손으로 휘뿌려 보자
앵속(罌粟)처럼 찬란한 열매를 거두는 찬연(餐宴)엔

예의게 꺼림 없는 반취(半醉)의 노래라도 불러 보자

염리(厭離)한 사람들을 다스리는 신이란 항상 거룩합시니
새 별을 찾아가는 이민들의 그 틈엔 안 끼어 갈 테니
새로운 지구에 단 죄 없는 노래를 진주처럼 흩이자

한 개의 별을 노래하자 다만 한 개의 별일망정
한 가 또 한 개의 십이성좌 모든 별을 노래하자.

 나는 한 개의 별에 내 소망을 담았소. 내 소망은 우리 나라의 독립이외다. 내 나라가 일제의 속박에서 벗어나 온 나라 백성들이 자유롭고 평화롭게 사는 것이 내 소원이오.
 모두가 아무런 걱정 없이 생업에 힘쓰며 태평가를 부른다면 얼마나 좋겠소? 이런 나의 꿈과 소원이 장차 이뤄진다면 나는 지금 죽어도 후회하지 않을 것이오.
 지금, 하늘에 별은 보이지 않지만 환한 하늘 너머에서 빛나고 있을 한 개의 별에 나는 오늘도 내 소망을 가득 담아 기도를 바치오.

영면(永眠)

 이게 꿈인지 생시인지 알 수 없구려. 분명 어두운 감방 안이었는데 눈앞에 내 고향집이 보이오. 아프고 무겁던 내 몸은 어느 때보다 가벼워 하늘이라도 날 것만 같소. 마치 양어깨에 날개라도 달린 듯 말이오.
 저기, 사랑마루에서 할아버지가 웃으며 손을 흔드는 것이 보이오. 할아버지 옆에 비녀를 꽂은 할머니가 웃으며 빨리 오라고 손짓하고 있소.
 갑술년 홍수에 엉망이 되었다는 우리 집은 부서진 데 하나 없이 멀쩡하오. 집 앞의 정원에는 아름다운 꽃들이 만발하오. 옥매화, 분홍 매화, 붉은 복숭아꽃, 흰 복숭아꽃, 해당화, 장미, 촉규화, 백일홍이 화사하게 피었고, 나비들이 춤을 추듯 나를 반기오.
 "원삼아, 수고 많았다. 어서 오너라."
 할아버지와 할머니가 사랑채 마루에서 나를 정답게 맞아 주셨소.
 할아버지의 미소 짓는 얼굴을 보니 갑자기 눈물이 왈

칵 흘러나왔소. 왜 눈물이 나는지 모르겠소. 아마도 너무 좋아서 그런 것일 거요. 나는 손등으로 눈물을 닦으며 조부모님께 차례로 인사를 올렸소.

"원삼이 왔니?"

부엌에서 밥을 짓던 어머니가 밝게 웃으며 손을 흔드셨소.

"어머니!"

나는 무척이나 반가워서 사랑마루에서 부엌으로 한걸음에 뛰어 들어갔소. 어머니는 아궁이에 불을 때고 계셨소. 어머니는 젊었고 내가 어릴 적 보던 모습 그대로였소. 가마솥에서 김이 뿌옇게 올라오고 있었소.

"원삼아, 밥 다 되어 간다. 조금만 기다려라."

어머니가 빙그레 미소를 지으셨소.

"어머니."

나는 어머니를 왈칵 껴안았소.

"어머니, 얼마나 보고 싶었는지 아시오?"

또다시 눈물이 왈칵 쏟아졌소. 가슴속에 가득한 설움과 그리움이 봇물 터지듯 쏟아져 나오는 것 같았소. 나는 어머니를 껴안고 꺼억꺼억 소리 내어 울었소.

"사내대장부가 울면 쓰나?"

어머니는 다정하게 내 머리를 쓰다듬어 주셨소. 울음

이 쉬이 멈추지 않아서 나는 어머니 품에 안겨 맘껏 울었소. 울음이 진정되자 나는 어머니와 함께 아궁이 앞에 쭈그리고 앉아 타오르는 불을 바라보았소. 나무를 사르는 불은 빨간 혓바닥처럼 타올랐고, 따뜻한 온기가 내 마음을 녹여 주는 것 같았소.

"원삼아, 먹어라."

어머니는 아궁이에서 고구마를 꺼내 주셨소. 노란 고구마에서 하얀 김이 모락모락 피어올랐소.

"어머니도 드시오."

나는 고구마를 반으로 나눠 어머님께 드렸소. 빨간 숯불이 피어오르는 아궁이 앞에서 나와 어머니는 고구마를 정답게 나눠 먹으며 이야기를 나눴소.

"원삼아, 아버지께 인사는 했니?"

어머니의 말에 나는 정신이 번쩍 들었소.

"아차."

나는 얼른 부엌을 나왔소.

아버지는 안채의 마루에 앉아 담배를 피우고 계셨소.

하늘을 바라보며 무심하게 담배를 피우던 아버지가 나를 물끄러미 바라보다가 고개를 몇 번 끄덕하셨소. 말하지 않아도 알 수 있는 것이 있소. 특히 아버지와 나 사이에는 그런 것이 있어서 나도 말없이 고개만 몇 번 끄덕였소.

아버지는 미소를 지으며 담배를 피우셨소. 아무런 근심 없는 사람처럼 말이오.

"원삼이 왔니?"

방 안에서 형의 목소리가 들려왔소.

"형?"

나는 개구쟁이처럼 방 안으로 뛰어갔소.

방 안 이불 속에 형이 누워 있었소. 형은 꼬맹이 때 모습으로 이불 속에 누워 나에게 들어오라고 손가락을 까닥였소.

나는 두말하지 않고 아랫목에 깔린 이불 안으로 기어들어 갔소. 이불 속에서 어머니의 냄새가 묻어 났소. 그것은 말이나 글로는 표현할 수 없는 포근한 느낌이외다.

"아! 좋다."

나는 나른한 몸을 이불 속에 뉘었소. 쫓기듯 살아온 내 마음속에 평화가 찾아온 것 같더이다. 형은 책을 보고 있었소.

"형, 무슨 책 봐?"

"『이충무전』."

형이 책을 보여 주었소.

"같이 보자."

나는 형 옆에 찰싹 달라붙어 책을 읽었소.

"원삼아, 이순신 장군 정말 대단하지 않냐?"

형이 무심히 내게 말했소. 나는 형이 책에 열중한 광경을 보노라 아무 말도 하지 못했소. 그냥 따뜻한 이불 안에서 형과 같이 책을 읽는 것만으로도 좋았소.

"원기 형, 원삼이 형!"

바깥에서 우릴 부르는 소리에 나가 보았소.

마당에 형제들이 우르르 서 있었소. 원일이, 원조, 원창이와 원홍이가 꼬질꼬질한 옷을 입고 반두를 들고 있었소. 원창이와 막내 원홍이는 누런 코를 흘리고 있었소. 모두가 어릴 적 모습 그대로였소.

"형아, 강에 고기 잡으러 가자."

원홍이가 코를 후비며 말했소. 나는 밖으로 나가 막내 원홍이의 손을 잡았소. 원홍이는 내가 제일 보고 싶었던 동생이오. 형과 나, 원일이와 원조, 원창이와 원홍이, 여섯 형제가 마당에 섰소. 눈빛이 이글거리는 모습이 모두가 고기 잡을 준비를 단단히 한 듯하오.

"모두 출발!"

형이 소리치자 우리는 누가 먼저랄 것도 없이 강으로 달려갔소.

"밥 먹기 전까지는 돌아오너라!"

어머니의 목소리가 등 뒤에서 들려왔소.

"알았니더!"

나는 어머니에게 손을 흔들어 주고 형제들과 함께 강으로 달려갔소.

내 옆에서 뒤질세라 두 손을 흔들며 달음질을 하는 형제들이 나를 보고 웃고 있소. 나도 웃소.

우리 가족 모두가 함께 있다니, 이런 기분을 뭐라고 표현해야 할지 모르겠소.

아! 적절한 말이 생각났소.

나는 지금 행복하외다. 무척이나 행복하외다.

눈앞에 낙동강이 보이오. 여울물 소리를 내며 흘러가는 맑은 낙동강이오.

하늘은 높고도 맑았고 청산은 푸르렀으며 맑은 강물은 청량한 울음소리를 내며 구불구불 흘러가고 있었소.

끝

이육사 1943

작가의 말

육사, 이원록.

일제강점기 아름다운 문장으로 민족정신을 일깨우고 독립투쟁으로 민족혼을 드높인 시인이자 독립운동가이다.

내가 이육사 선생과 인연이 된 것은 2019년 이육사문학관 상주 작가로 10개월을 보내면서이다. 상주 작가의 임무 중의 하나가 이육사 선생에 대한 글을 쓰는 것이었고, 육사 선생의 문집과 자료를 읽으며 자연스럽게 선생의 인생 속으로 들어가게 되었다.

현업작가인 나로서는 선생에 관한 자료를 읽으면서 소설이나 동화를 구상하기도 했다. 육사 선생에 관한 소설과 동화가 출간된 상태라 읽기도 했지만 내가 생각하던 스타일과 달랐기에 기회가 되면 육사 선생에 대한 소설을 써 보리라 마음먹었다.

한 인물에 관한 역사소설을 쓰는 데는 오랜 시간과 공부가 필요했기 때문에 굳게 마음먹는다고 해도 쉬운 일이 아니었다. 게으른 탓도 있고, 다른 일을 하느라 차일피일

미루다가 글을 쓰겠다는 결심이 무뎌졌다.

나는 본업으로 돌아와 동화를 쓰고 강의를 하며 하루하루를 보내고 있었다. 하지만 나와 육사 선생의 인연은 그것으로 끝이 난 것이 아니었다.

2024년에 초연된 이육사 선생에 대한 오페라「광야의 꽃 이육사」대본을 청탁받으면서 나는 또다시 육사 선생에 관해 글을 쓰게 되었고, 선생과 나 사이에 어떤 인연이 있다는 생각에 잠시 접어 두었던 소설 집필에 대한 마음을 다잡게 되었다.

지금 생각하면 그것은 운명인지도 몰랐다. 마치 육사 선생이 나에게 책을 쓰라고 유도하고 있는 것처럼 느껴지기도 했다. 그 후부터 나는 육사 선생과 함께했다고 해도 틀린 말이 아니다. 언제나 내 곁에서 귓속말로 속삭이듯 자신의 행적을 이야기해 주는 것 같았다.

야만의 시대에 태어나 파란만장한 삶을 살아온 육사 선생의 행적을 따라가는 것은 쉬운 일이 아니었다. 시와 수필의 문장, 그 문장의 행간 속에서 육사 선생의 고뇌와 번민을 찾아가고, 기사나 행적을 통해 그의 희망과 소망을 더듬었다. 그렇게 틈이 날 때마다 조금씩 써 온 글은 점점 양이 불어났다.

육사 선생은 어릴 때 배운 한학을 기틀로 근대 학문과

서양 철학까지 아우르고 있어서 그의 정신을 따라가는 데 폭넓은 공부가 필요했다. 육사 선생이 기자 생활을 할 때는 식민지 농업경제의 피폐한 상황이나 근로자의 궁핍한 생활, 동포들의 불편한 형편, 일제강점기 민중의 참상을 고발하는 기사들과 비평들을 많이 실었다. 그리고 노동문제를 주제로 한 희곡까지 써서 공연한 다재다능한 작가이기도 했다.

육사 선생의 문학은 두 눈으로 목도한 경험들과 사상, 일제강점기의 현실이 글 속에 녹아서 투영된 것이다. 그래서 그의 글과 시는 암울한 현실에 대한 저항과 미래에 대한 희망을 담고 있는 것처럼 느껴진다.

육사 선생은 총을 들고 광야를 달음질하려는 욕망이 큰 작가였다. 하지만 운명이 그에게 펜을 잡도록 강제한 탓에 그는 펜을 무기로 삼아야 했다. 일제에 강제적으로 종속된 비참한 역사와 부조리한 현실을 뒤집기 위해 총을 들고 선봉에 서서 싸우고 싶은 독립운동의 열망이 그의 펜 끝에 투영되어 아름다운 저항시를 만들어 낸 것이다.

나는 국문학자도 아니고 역사학자도 아니지만, 작가의 관점에서 육사 선생의 시각과 일체화되기 위해 노력을 기울였다.

2019년부터 씨를 뿌린 소설은 2025년 8월에야 온전한

결실을 보게 되었다. 인간의 삶에는 희로애락이 있지만, 육사 선생의 삶은 평범함에서 멀기에 글을 쓰는 내내 고통스러웠다. 견딜 수 없는 무게의 고통을 어깨에 지고 있는 기분이었다. 하지만 그로 인해 육사 선생의 삶을 온전하게 드러낼 수 있다면 나의 고통은 도리어 보람된 일이리라. 이 책이 일제강점기 선생의 삶을 이해하고 선생의 정신을 기릴 수 있는 계기가 되기를 희망한다.

권오단

이육사 역사 연보

1904년 1세	5월 18일(음력 4월 4일) 경북 안동군 도산면 원천동(당시 원촌동) 381번지에서 진성 이씨 이가호(퇴계 이황의 13대손)와 허형의 딸인 허길 사이에 차남으로 출생, 어릴 때 이름은 원록(源祿), 두 번째 이름이 원삼(源三)
1905년 2세	11월 을사늑약 체결, 우리나라의 외교권 강탈, 향산 이만도가 을사오적의 처벌을 강력히 주장하는 상소를 올림, 의병들이 곳곳에서 일어남
1907년 4세	일본군대 예안 일대 방화, 퇴계 종택과 용수사 등 전소, 어머니 등에 업혀 피난
1908년 5세	외종조부 허위, 서대문형무소에서 순국(사형)
1909년 6세	조부 치헌 이중직에게서 『소학』을 배우기 시작
1910년 7세	일제의 국권 침탈(한일병합), 무단통치 시작, 조선총독부 설치, 헌병경찰제 실시, 조선인의 언론·출판·집회 결사의 자유 박탈, 정치 참여 제한, 일반 관리와 교사도 제복을 입고 칼을 차게 해 공포 조성, 보통학교와 서당 설립을 허가제로 바꿔 교육활동 억압, 토지조사사업 실시, 미신고 토지와 공유지 총독부 귀속, 회사령 제정, 향산 이만도 9월 17일부터 단식, 단식 24째인 10월 10일 순국
1911년 8세	1월(음력 1910년 12월) 김대락 일가와 마을 주민들 중국 만주로 망명, 2월(음력 1월) 이상룡 일가 가산을 정리한 후 중국 동삼성으로 망명, 10월 신해혁명 발발
1914년 11세	제1차 세계대전 발발
1915년 12세	맏형 원기와 함께 보문의숙에 출입

1916년 13세 조부 별세, 가세 기울기 시작, 한문학 수학, 이 무렵 보문의숙에서 수학하기 시작

1917년 14세 3월 러시아혁명 발발

1918년 15세 독일 11월 혁명 발발, 바이마르 공화국 출범

1919년 16세 도산공립보통학교(보문의숙을 공립으로 개편한 학교) 1회 졸업, 안동군 녹전면 신평동 듬벌이로 이사, 예안 독립만세 운동 발발, 전개

1920년 17세 가족 모두 대구(남산동 662번지)로 이사, 석재 서병오에게서 그림을 배움, 동생 원일은 글씨를 배워 일가를 이룸

1921년 18세 안용락의 딸 안일양과 결혼, 처가에서 가까운 백학학원(1921년 설립)에서 수학(보습과 과정, 1922년까지), 둘째 이름 원삼 사용

1923년 20세 백학학원에서 교편 잡음(9개월 동안), 대구로 이사, 9월 일본 관동대지진 발생

1924년 21세 4월 학기에 맞추어 일본 유학, 긴조(금성)고등예비학교에서 8개월간 재학 후 중퇴, 일본과 세계의 사정을 더 잘 알게 됨

1925년 22세 1월 귀국, 대구 조양회관을 중심으로 활동, 이정기, 조재만 등과 어울리며 북경에 다녀옴

1926년 23세 7월 북경 중국대학 상과에 입학, 7개월간 재학(혹은 2년 만에 중퇴)

1927년 24세 여름에 귀국, 장진홍 의사의 조선은행 대구지점 폭파 의거(10월 18일) 연루, 그와 형 원기, 동생 원일, 원조 등 4형제가 피검됨

1929년 26세 5월에 증거불충분으로 면소되어 풀려남(12월 무혐의로 종결)

1930년 27세 1월 3일 '이활(李活)'이라는 필명으로 첫 시 「말」을 『조선일보』에 발표, 아들 동윤 출생, 광주 학생 항일투쟁이 확산되자 1월 10일 대구청년동맹 간부라는 혐의로 붙잡혀 19일 풀려남, 2월 『중외일보』에 대구지국 기자로 입사, 3월 대구경찰서에 붙잡혔다가 풀려남, 10월 『별건곤(別乾坤)』에 '이활(대구이육사(大邱二六四))'이라는 필명으로 「대구사회단체 개관」 발표

1931년 28세 1월 대구 격문사건으로 붙잡혀 3월 석방, 잦은 만주 나들이, 8월 『조선일보』 대구지국으로 이직, 9월 만주사변 발발, 만주에 3개월 머물다

연말에 귀국

1932년 29세 3월 조선일보사 퇴사, 4월 혹은 5월 봉천으로 감, 7~8월 북경과 천진에 머물다 9월 북경에서 남경으로 이동, 10월 20일 남경 근교 탕산에서 문을 연 조선혁명군사정치간부학교 1기생으로 입교하여 군사간부 교육을 받음, 아들 동윤 사망

1933년 30세 4월 20일 조선혁명군사정치간부학교 졸업, 졸업식에서 연극 공연, 4월 국내에서 『대중(大衆)』 창간 임시호에 평론 「자연과학과 유물변증법」 게재(미리 투고한 원고), 같은 책에 게재되지 못한 목록 중 '이육사(李戮史)'라는 필명으로 쓰인 글 「레닌주의 철학의 임무」가 포함됨, 5월에 상해로 이동, 6월 상해 양행불(양싱푸)의 장례식장에서 노신(루쉰) 만남, 9월에 서울로 잠입

1934년 31세 3월 20일 군간부학교 출신임이 발각, 경기도경찰부에 구속, 동기생이자 처남연 안병철의 자백으로 졸업생들 연이어 검거, 6월 기소우예 의견으로 석방(8월 기소유예 확정), 시사평론 집필 재개, 시사평론 「오중 전회를 앞두고 외분 내열의 중국 정정(政情)」, 「국제 무역주의의 동향」 발표, 시 「창공에 그리는 마음」 발표

1935년 32세 위당 정인보 댁에서 신석초 만나 친교 시작, 다산 정약용 사망 99주기 기념 『다산문집』 간행에 참여, 신조선사의 『신조선』 편집에 참여, 중외일보사, 조광사, 인문사 등을 다니며 한시, 시조, 논문, 평론, 번역, 시나리오 등 다양한 분야에서 활동, '이육사'라는 필명으로 시사평론 「위기에 임한 중국 정국의 전망」, 「1935년과 노불관계 전망」, 「공인 '갱' 단 중국 청방 비사 소고」, 시 「춘수삼제」, 「황혼」 발표

1936년 33세 만주로 가서 『조선일보』 기자 이선장을 몽양 여운형과 일헌 허규에게 소개, 그 후 귀국길에 체포되어 1주일간 서대문형무소에 구류, 7월 포항 동해송도원에서 휴양, 8월 경주 남산 옥룡암에서 휴양, 11월 18일(음력 10월 5일) 모친 회갑연 대구에서 열림, 회갑 기념 병풍 제작, 추모 글 「노신 추도문」, 시사평론 「중국의 신국민운동 검토」, 「중국농촌의 현상」, 시 「실제(失題)」, 「한 개의 별을 노래하자」 발표, 노신의 단

	편소설「고향(故鄕)」을 우리말로 최초로 번역, 발표
1937년 34세	모친, 동생 원일과 함께 서울 명륜동에서 거주, 시사평론에서 문학평론으로 전향, 신석초, 윤곤강, 김관균 등과 함께 동인지『자오선』발간, 시「화제」,「해조사」,「노정기」, 수필「무희의 봄을 찾아서」,「질투의 반군성(叛軍城)」,「문외한의 수첩」, 소설「황엽전(黃葉箋)」발표, 7월 7일 중일전쟁 시작, 12월 남경 함락, 남경대학살
1938년 35세	시「초가」,「강 건너간 노래」,「소공원」,「아편」을『비판』에 발표, 수필「전조기」,「계절의 오행」,「초상화」, 신간 서평「자기심화의 길-곤강의『만가』를 읽고」, 평론「모멸의 서-조선 지식여성의 두뇌와 생활」,「조선문화는 세계문화의 일륜」발표, 가을 신석초와 부여 여행, 겨울 부친 회갑연, 신석초, 최용, 이명룡 등과 경주 여행
1939년 36세	종암동으로 이사, 딸 경영 출생 후 백일 전후 사망, 8월 시「청포도」발표
1940년 37세	시「절정」,「광인의 태양」등 발표, 8월『동아일보』,『조선일보』폐간
1941년 38세	2월 딸 옥비(沃非, '기름지지 말라', 즉 윤택하게 살지 말라는 뜻을 담음) 출생, 4월 26일 부친 이가호 별세, 문예지『문장』폐간, 가을에 폐질환으로 성모병원 입원, 12월 태평양전쟁 발발
1942년 39세	2월 성모병원 퇴원, 경주 기계리의 이영우의 집에서 휴양, 6월 3일 석정 윤세주 중국 태항산 마전반격전에 참전 중 전사, 6월 12일(음력 4월 29일) 모친 허길 별세, 7월 13일 큰형 원기 타계, 7월 경주 옛 신인사 터에 세워진 암자 옥룡암에서 요양하다가 서울 미아리 이태성의 집에서 휴양, 8월 3일 허형식 장군 청봉령전투에서 전사, 서울 수유리 거주
1943년 40세	1월 신정 신석초에게 북경행 밝힘, 한글 사용 규제받자 한시(漢詩)만 발표, 4월 북경으로 감, 중경과 연안행 및 국내 무기 반입 계획, 7월 모친과 맏형 소상(1주기 제사) 참여차 귀국, 늦가을에 붙잡혀 북경으로 압송, 북경 주재 일본 총영사관 경찰에 구금된 것으로 추정
1944년 41세	1월 16일(음력 1943년 12월 21일) 새벽, 북경 내일구(內一區) 동창호

	동(東廠胡同) 1호에서 순국(이곳에는 당시 일제의 문화특무 공작기관인 동방문화사업위원회가 있었음), 동지이자 친척인 이병희가 시신을 수습, 화장, 동생 원창에게 유골 인계, 미아리 공동묘지에 안장
1945년	동생 원조가 유시(遺詩)「꽃」,「광야」 발표
1946년	동생 원조가 『육사시집』 출판
1960년	장조카 이동영이 육사의 유해를 미아리에서 고향 원촌 뒷산으로 이장
1968년	5월 안동시 낙동강가에 육사 시비 건립, 앞면에는 시 「광야」를, 뒷면에는 조지훈의 추모 글을 새김.
1990년	건국훈장 애국장 추서
2004년	탄신 100주년, 순국 60주기에 맞추어 이육사문학관 개관, 생가 복원
2017년	전시관, 생활관, 복원된 생가까지 포함하는 공간으로 이육사문학관 증축, 재개관
2023년	4월 육사 선생의 유해 이육사문학관 뒤편으로 이장

참고문헌

강윤정, 『만주르 간 경북 여성들』, 한국국학진흥원, 2018.

권서각 외, 『이육사의 문학과 저항정신』, 이육사문학관, 2014.

김희곤, 『안동 사람들의 항일투쟁』, 지식산업사, 2007.

김희곤·신진희, 『이육사의 독립운동자료집』, 이육사문학관, 2018.

도진순, 『강철로 된 무지개』, 창비, 2017.

이육사, 손병희(엮은이), 『광야에서 부르리라』, 이육사문학관, 2004.

이육사, 손병희(엮은이), 『나 마음의 녹야』, 이육사문학관, 2021.

허은(구술), 변창애(정리), 『아직도 내 귀엔 서간도 바람소리가』, 민족문제연구소, 2010.

이육사 1943

초판 1쇄 인쇄 2025년 7월 30일
초판 1쇄 발행 2025년 8월 15일

지은이 권오단
발행인 권윤삼
발행처 도서출판 산수야

등록번호 제2002-000278호
주 소 서울시 마포구 월드컵로 165-4
전 화 02-332-9655
팩 스 02-335-0674

ISBN 978-89-8097-631-7   03810

값은 뒤표지에 있습니다. 잘못된 책은 바꿔드립니다.

이 책의 모든 법적 권리는 저자와 도서출판 산수야에 있습니다.
저작권법에 의해 보호받는 저작물이므로
저자와 본사의 허락 없이 무단 전재, 복제, 전자출판 등을 금합니다.

---

www.sansuyabooks.com
sansuyabooks@gmail.com
도서출판 산수야는 독자 여러분의 의견에 항상 귀 기울입니다.

※ 이 책은 2025년 경북문화재단 예술작품지원사업 보조금을 받아 발간되었습니다.